Die drei ???

GPS-Gangster

GPS-Gangster

Erzählt von Marco Sonnleitner

Außerdem in der Reihe Die drei ???® im Carlsen Verlag lieferbar:

Die drei ??? – Das Geheimnis der Diva
Die drei ??? – Der namenlose Gegner
Die drei ??? – Die Höhle des Grauens
Die drei ??? – Doppelte Täuschung
Die drei ??? – Grusel auf Campbell Castle
Die drei ??? – Im Schatten des Giganten
Die drei ??? – Im Zeichen der Schlangen
Die drei ??? – Nacht der Tiger
Die drei ??? – Pfad der Angst
Die drei ??? – Pistenteufel
Die drei ??? – Stadt der Vampire
Die drei ??? und das Aztekenschwert
Die drei ??? und der Feuergeist / Nacht in Angst
Die drei ??? und der Meister des Todes
Die drei ??? und der Tanzende Teufel
Die drei ??? und die Fußball-Falle
Die drei ??? und die gefährlichen Fässer
Die drei ??? – Schuber (4 Bände)

Veröffentlicht im Carlsen Verlag
August 2015
Mit freundlicher Genehmigung des Franckh-Kosmos Verlages
und der Universität von Michigan
Copyright © 2012, 2013 Franckh-Kosmos Verlags-GmbH & Co. KG, Stuttgart
Based on characters by Robert Arthur
Umschlagbild: Helge Vogt
Umschlaggestaltung: formlabor
Corporate Design Taschenbuch: bell étage
Gesetzt aus der Bembo von Dörlemann Satz, Lemförde
Druck und Bindung: CPI books GmbH, Leck
ISBN 978-3-551-31423-9
Printed in Germany

Carlsen-Newsletter: Tolle Lesetipps kostenlos per E-Mail!
Unsere Bücher gibt es überall im Buchhandel und auf carlsen.de.

Die drei ???®

GPS-Gangster

Prinzessinnen 7

Captain Skull 14

Cotta ist bedient 21

Alte Liebe rostet nicht 29

Eine erste Spur 36

Schrei aus dem Dunkeln 43

Spheksophobie 53

Der Tod des Aktaion 60

Eine unglaubliche Entdeckung 68

Der Deal 77

Verschlungene Wege 84

Der Fisch beißt an 90

Ein tonnenschwerer Fehler 96

Die letzte Chance 104

Bis zum letzten Atemzug 111

Wettlauf gegen die Zeit 117

Rache aus dem Grab 127

Justus ist nicht nett 134

Prinzessinnen

Der Wald um sie herum wurde immer dichter. Zweige schlugen ihnen ins Gesicht und zerrten an ihrer Kleidung. Immer wieder mussten sie über Wurzeln und totes Geäst am Boden hinwegsetzen. Nur der Atem der drei Jungen war zu hören – und in einiger Entfernung ein leises Rauschen. Justus lief voraus, den Blick immer auf das GPS-Gerät in seiner Hand gerichtet, Peter dicht hinter ihm, der dritte Detektiv als Letzter.

»Wie weit ... ist es noch?« Bob konnte kaum sprechen. Die trockene Hitze kratzte in seiner Kehle wie Sandpapier.

»Hundertzwölf Meter«, keuchte Justus.

Peter wischte sich den Schweiß von der Stirn und sah auf seine Uhr. »Noch etwas mehr als zwei Minuten. Das schaffen wir nie, Kollegen. Nie!« Verzweiflung stand in seinen Augen.

Der Erste Detektiv schluckte mühsam. »Wir müssen es schaffen. Nur wir können sie noch retten.«

Eineinhalb Minuten später standen sie schnaufend am Fuß eines großen Felsens. Das Rauschen war lauter geworden. Irgendwo musste ein Wasserfall sein.

»34 Grad, 2,831 Minuten nördliche Breite, 118 Grad, 35,186 Minuten westliche Länge«, las Justus vom Display und sah sich hektisch um. »Hier muss es sein. Uns fehlen nur 0,004 Minuten Richtung Osten. Unter Berücksichtigung der Abweitung auf diesem Breitengrad sind das maximal zwölf Meter.«

Bob deutete auf den Felsen. »Dann kann es nur da oben sein. Über die Höhe wissen wir ja nichts.«

»Du hast Recht, Dritter. Nichts wie rauf!«

»Dreißig Sekunden«, murmelte Peter, »dreißig Sekunden! Unmöglich!«

Den Felsen zu erklimmen war zwar kein Problem. Er war dicht bewachsen, die Steine griffig, es gab jede Menge Ritzen und Vorsprünge. Doch die Zeit verrann unerbittlich. Peter sprang die Wand förmlich hinauf und zählte dabei die Sekunden mit: »Fünfzehn, vierzehn, dreizehn ...«

»Rette sie!«, rief Justus nach oben, als Peter sich nach ihm umdrehte. »Mach schon! Verlier keine Zeit!«

»Zweiter, los!«, trieb ihn auch Bob an.

Peter wandte sich wieder um, hievte sich über die letzte Kante und fand sich auf einem kleinen Plateau wieder. Niedriges Gehölz, schwarze Steine, ein dunkler Teich, dessen Auslauf auf der anderen Seite in die Tiefe stürzte.

Und da stand sie! Langes, blondes Haar, ein Kleid aus blauem Dunst, ein zartes, zerbrechliches Geschöpf. Gefangen in einem eisernen Käfig, der über dem Teich schwebte und an dessen Aufhängung dieser kleine, teuflische Kasten befestigt war. Schwarz, ein paar Drähte, der große Knopf, eine rot leuchtende Digitalanzeige, auf der eine Vier zu sehen war, eine Drei ...

»Nein!« Der Zweite Detektiv stürzte nach vorne.

»Peter!«, rief Bob verzweifelt.

Doch es war zu spät. Ein leises Klicken öffnete die Verriegelung. Für einen Moment hing der Käfig noch in der Luft, als wollte er dem Gesetz der Schwerkraft trotzen. Doch dann rauschte er nach unten und tauchte in das schwarze Wasser, das die Prinzessin mit einem dumpfen Gurgeln in seine nassen, tödlichen Arme nahm.

Eine knappe Stunde später hatte endlich auch das letzte Team den Weg zurück gefunden. Benjamin Rodman konnte beginnen. Schon seit geraumer Zeit trat der hagere Junge mit den ungebändigten blonden Haaren in dem kleinen Pavillon, der als Bühne diente, von einem Bein aufs andere. Immer wieder sah er seine Zettel durch und murmelte dabei leise vor sich hin. Bob lächelte. Vor seinem Referat gestern in Chemie hatte er sich ähnlich gefühlt.
Benjamin klopfte auf das Mikrofon. »Liebe ...« Er hüstelte. »Crack-Tracks, nein, Tack-Packs«, seine Augen weiteten sich, »äh, Crack-Packs ...« Unvermittelt verstummte er und wurde knallrot. Fröhliches Gelächter erklang unter den etwa fünfzig Anwesenden. Seine Mutter, die Arm in Arm mit ihrem Mann Samuel ebenfalls auf dem Podium stand, zwinkerte ihm aufmunternd zu, Samuel Rodman hob den Daumen. Benjamin räusperte sich und versuchte es noch einmal. »Liebe, ähm, Track-Cracker, Freunde und Feste ... Gäste ...«
»Der Arme ist ja total nervös.« Neben Bob stand ein hochgewachsener Mann mit schwarzen Stoppelhaaren. Er trug ein lässiges Cordhemd und eine Jeans. Dem Block in seiner Hand und der Kamera um seinen Hals nach zu urteilen, war er von der Presse. »Letztes Jahr hat die Ansprache noch Daddy ge-

halten.« Er zeigte auf Samuel Rodman. Der Mann mit den grauen Schläfen und der Hakennase drückte seiner Frau eben einen Kuss auf die Wange.

Bob nickte, während der Reporter ein Foto schoss. Dann wandte sich der dritte Detektiv seinen beiden Freunden zu. Oben stotterte sich Benjamin weiter durch seine Zettel. »Just, was macht Rodman noch mal?«

»Bitte?« Der Erste Detektiv starrte auf das Stück Papier in seiner Hand.

»Rodman. Was der macht! Beruflich.«

»Wer?«

Bob seufzte. »Just, jetzt lass es gut sein. Die Dame konnte das Bad verschmerzen. Sie war aus Plastik.«

»Da!«, rief Justus auf einmal und tippte auf das Rätsel. »Das ist es! Mist! Hätte ich das gleich gesehen, hätte ich die Koordinaten viel schneller entschlüsselt und Peter hätte diesen vermaledeiten Knopf rechtzeitig drücken können. Ich Hornochse!«

Peter grinste. »Vielleicht hätten sie Valery in den Käfig sperren sollen. Dann hättest du dich sicher viel mehr angestrengt.«

Justus blickte ihn böse an. »Ich kann dir nicht folgen.«

Peter nickte unauffällig nach rechts. »Ich meine jenes bezaubernde dunkelhaarige Wesen dort drüben mit den grünen Augen. Du erinnerst dich? Sie saß neben dir, als uns Benjamin über Geocaching informierte und den Wettbewerb erklärte. Ihr habt euch unterhalten. Das heißt«, Peter tat, als überlegte er, »eigentlich hat nur sie geredet. Du hast geleuchtet wie eine Strandboje und ungefähr hundertmal ›ähm‹, ›tja‹ und ähnlich Geistreiches von dir gegeben.«

»Unsinn!«, eiferte sich Justus.

»Bob?«

»Zweihundertmal.« Der dritte Detektiv grinste.

Justus wollte gerade etwas erwidern, als vom Podium ein Trommelwirbel aus den kleinen Boxen erklang. Alles lauschte konzentriert.

»Und die diesjährigen Sieger des Kennenlern-Wettbewerbs der Track-Cracker sind ... tatam!« Benjamin Rodman machte eine unbeholfene Geste. »Die drei ??? – Justus Jonas, Peter Shaw und Bob Andrews! Kommt bitte zu mir!«

Unter dem Applaus der Anwesenden erklommen die drei Jungen die Stufen zum Podium und stellten sich neben Benjamin.

»Gratuliere! Ihr habt in diesem Jahr die Rätsel mit Abstand am schnellsten gelöst. Ihr habt zwar leider die Prinzessin nicht retten können ...«, er schaute betont betrübt und einige Zuschauer machten »Ooooh!«, »... aber ihr wart als Neulinge sogar schneller als unsere Track-Cracker-Profis! Das hatten wir noch nie!«

Wieder brandete Applaus auf, und als Justus so unauffällig wie möglich zu Valery hinsah, flog ihm ein strahlendes Lächeln zu.

»Wie habt ihr das nur geschafft?« Benjamin hielt dem Ersten Detektiv das Mikro unter die Nase.

»Ähm ... tja ... wir ... äh ... haben ... waren ... schnell.«

»Aha«, erwiderte Benjamin irritiert, während sich Peter und Bob wissend zulächelten. »Und wie seid ihr auf uns aufmerksam geworden?« Diesmal bekam Bob das Mikro.

»Wir haben von eurem Wettbewerb in der Zeitung gelesen

und sind neugierig geworden. Da haben wir uns gesagt: Hey, lasst uns dieses Geocaching doch mal ausprobieren! Das ist sicher spannend, das Gerät wird gestellt und zu gewinnen gibt es auch etwas. Und hier sind wir!«

»Super!« Benjamin hatte seine Nervosität mittlerweile abgelegt und fühlte sich sichtlich wohl als Moderator. »Und? Wie wär's? Hättet ihr nicht Lust, zu uns zu stoßen? Zu den Track-Crackern? Ihr scheint's ja wirklich draufzuhaben!«

Peter war dran. »Wenn ihr dauernd Prinzessinnen rettet«, sagte er verschmitzt, »dann auf jeden Fall.«

Alle lachten, während sich Benjamin von seinem Vater einen kleinen Korb und ein Päckchen reichen ließ. »Nun, vielleicht erleichtert das ja eure Entscheidung.« Er holte drei silberne Anstecker aus dem Korb, die wie Kompassnadeln aussahen, und heftete sie nacheinander den drei Detektiven an ihre Jacken. Peter bemerkte, dass Benjamin die gleiche Nadel in Gold trug. »Hiermit verleihe ich euch die Track-Cracker-Nadel in Silber«, verkündete Benjamin feierlich und wieder ertönte Applaus. Dann überreichte er Bob das Päckchen. »Und das ist euer Preis!«

Der dritte Detektiv sah ihn gespannt an. »Darf ich es ... gleich aufmachen?« Bob deutete auf das Geschenkpapier.

»Unbedingt!«, rief ihm Samuel Rodman lächelnd zu.

»Dann los«, ermunterte Peter seinen Freund. Bob ließ sich nicht zweimal bitten, öffnete die gelbe Schleife und riss das Papier ab.

»Wow!«, entfuhr es Peter. »Ein nagelneues GPS-Gerät!«

Auch Justus fand seine Sprache wieder. »Ein Treasure X 35! Das Beste vom Besten!«

Benjamin lächelte. »Damit ist ab jetzt kein Schatz mehr sicher vor euch!«

»Und das Büffet hoffentlich auch nicht!«, sagte Deborah Rodman in den aufkommenden Applaus hinein und deutete über den kleinen See hinweg. »Die Tafel ist hiermit eröffnet!«

Während alles klatschte und jubelte und zu der kleinen Holzbrücke drängte, die über den See führte, gab sie ihrem Mann einen innigen Kuss und steuerte auf die drei ??? zu.

Captain Skull

»Na, ihr drei? Das war ja wirklich ganz große Klasse, wie ihr das gemacht habt!« Deborah Rodman, eine dunkelhaarige, sehr schöne Frau um die vierzig, die betörend gut duftete, nickte noch einmal ihrem Mann zu, der eben die Stufen des Pavillons hinablief und sich dann vom See entfernte.

»Muss Ihr Mann schon gehen?«, fragte Bob überrascht.

»Nein, nein, er kommt gleich wieder.« Deborah Rodman deutete auf die Brücke. »Jetzt müsst ihr drei euch aber erst einmal stärken!«

Das Anwesen der Familie Rodman war sehr weitläufig und wunderschön. Der Geocaching-Wettbewerb hatte zwar im benachbarten Tuna Canyon Park stattgefunden, aber mit ein wenig Mühe hätte man das auch auf diesem riesigen Grundstück hinbekommen. Große Rasenflächen und Buschgruppen wechselten sich mit kleinen Gehölzen ab, in denen Kiefern, Rauchbäume und Wüsteneisenholzbäume wuchsen. Auf der Rückseite des Wohngebäudes befand sich ein Tennisplatz. Ein künstlicher See umgab das Haus und ließ nur die breite Auffahrt frei. Die Villa der Rodmans sah aus wie ein mexikanisches Landhaus, war überwuchert mit Efeu und Bougainvillea und hatte sicher an die zwanzig Zimmer. Rodman Enterprises, eine stadtbekannte Werbeagentur, florierte offenbar prächtig.

»Und ihr wusstet vorher gar nichts über Geocaching?« Deborah Rodman geleitete die drei ??? über die schmale Holzbrücke. Vorn machten sich schon die ersten Gäste über das Büffet her.

Justus machte eine vage Geste. »Nun ja, mir war bekannt, dass es sich dabei um eine Art moderner Schnitzeljagd handelt, bei der es gilt, mittels eines GPS-Geräts sogenannte Caches, also Verstecke, zu finden, von denen nur die Koordinaten, also die Angabe von Längen- und Breitengrad, bekannt sind. Diese Caches beinhalten dann Gegenstände aller Art und ein Logbuch, in dem man den eigenen Fund vermerkt. Die Gegenstände selbst können ausgetauscht und durch einen eigenen sogenannten Stash ersetzt werden, oder sie bleiben vor Ort.«

Deborah staunte. »Du bist ja ein wandelndes Geochaching-Lexikon! Was aber immer noch nicht erklärt, wieso ihr die Rätsel so schnell lösen konntet, die euch zu der Prinzessin führen sollten.«

»Nicht schnell genug, leider«, grummelte Justus.

Peter lächelte. »Unser Erster kann es gar nicht ab, wenn sich ihm ein Rätsel verweigert.«

»Unser Erster?«, fragte Deborah verwirrt.

Bob griff in seine Tasche, holte eine ihrer Visitenkarten hervor und überreichte sie Deborah Rodman. »Wir betreiben ein kleines Detektivbüro unten in Rocky Beach. Und Just hier ist der Erste Detektiv.«

Deborah Rodman las interessiert, was auf der Karte stand.

Die drei Detektive
Wir übernehmen jeden Fall

???

Erster Detektiv:
Justus Jonas
Zweiter Detektiv:
Peter Shaw
Recherchen und Archiv:
Bob Andrews

»Das klingt ja spannend. Und wofür stehen die drei Fragezeichen?«

»Für alle ungelösten Rätsel und Geheimnisse, die noch auf ihre Entschlüsselung warten«, erklärte Peter.

Deborah Rodman nickte. »Detektive. Die drei ???. Das erklärt natürlich, wieso ihr die Rätsel so schnell lösen konntet. Und wieso ihr euch bei dem Wettbewerb so genannt habt.« Sie dachte kurz nach und wollte eben etwas sagen, als von rechts eine helle Stimme erklang.

»Mrs Rodman! Diesmal war es ja noch besser als letztes Jahr! Fantastisch!« Deborah und die drei Jungen wandten sich um. Valery stand hinter ihnen und strich sich eben eine kleine Haarsträhne aus der Stirn. Ihr Lachen war warm und offen und ihre grünen Augen funkelten in der Sonne wie kleine Smaragde. »Der Wettbewerb, die Rätsel, dieses Büffet!« Sie hob die Schultern. »Einfach klasse!«

»Danke dir, Valery«, sagte Deborah. »Und schön, dass du es doch noch geschafft hast zu kommen.«

»Das lasse ich mir doch nicht entgehen! Genauso wenig wie diese Welttorte mit Längen- und Breitengraden aus Marzipan und diesen einmaligen Früchtepunsch.« Valery hob den Teller und den Becher in ihren Händen. »Davon brauche ich unbedingt das Rezept! Den Punsch kann ich vielleicht sogar in dem neuen Sommerbuch unterbringen, das mein Verlag gerade plant.«

Deborah lachte. »Das Rezept gebe ich dir gerne, obwohl es wirklich nichts Besonderes ist. Frisch gepresster Orangensaft und Rooibos-Tee – und dann vor allem Zimt und Nelken. Und?« Sie wies auf die drei ??? neben sich. »Was sagst du zu unseren Siegern? Clevere Jungs, oder?«

»Und wie!« Valery nickte den Jungen anerkennend zu und ließ ihren Blick auf Justus ruhen. »Wir haben uns vorhin auch schon kurz kennengelernt. Aber da konnte ich noch nicht ahnen, wie gefährlich ihr uns werden würdet.« Die Andeutung eines Lächelns huschte über ihr hübsches Gesicht.

Justus wollte zurücklächeln, doch seine Gesichtszüge verunglückten und heraus kam eine schiefe Grimasse. »Wir, wir haben sicher auch ein wenig, ähm, Glück gehabt.«

»Unsinn!« Samuel Rodman hatte sich unbemerkt von hinten genähert. Er nahm die Hand seiner Frau und schüttelte energisch den Kopf. »Ihr seid gut! Wirklich gut. Die Rätsel hatten es diesmal in sich.«

»Sehe ich genauso«, pflichtete ihm Valery bei. »Auf unsere drei Sieger!« Sie prostete den Jungen zu und nahm einen Schluck aus ihrem Becher.

»Auf die drei!« Samuel Rodman hob erneut den Daumen. Dann sagte er zu seiner Frau: »Schatz, ich muss noch einmal ins Geschäft. Ich beeile mich aber.«

»In Ordnung.« Deborah lächelte ihm zu und die beiden küssten sich zum Abschied.

»Sind sie nicht süß?«, flüsterte Valery Justus zu. »Verliebt wie am ersten Tag. Ich könnte immer dahinschmelzen, wenn ich sie sehe.«

Der Erste Detektiv grinste, machte »Hm« und hatte das Gefühl, dass sein Ohr lichterloh zu brennen anfing, als es Valerys Pferdeschwanz berührte. Peter biss sich auf die Lippen.

»So«, wandte sich Deborah wieder ihren Gästen zu, während Samuel Rodman in Richtung der Garagen lief. »Sollen wir uns mal zum Büffet durchschlagen?«

Bob nickte. »Unbedingt!«

»Ich komme um vor Hunger«, sagte Peter.

Justus sagte gar nichts und rieb sich das Ohr.

Deborah Rodman blieb bei den drei ???, während die Jungen sich mit Torte, Punsch, Käsehappen und Würstchen im Schlafrock versorgten. Valery unterhielt sich noch eine Weile mit Justus, dem es nur langsam gelang, wieder Herr über seine Gesichtsmuskeln zu werden. Als sich Valery schließlich verabschiedete, standen die drei ??? und Deborah in der Nähe der kleinen Brücke, über die sie vorhin gegangen waren.

»Ich hätte da noch eine Frage«, sagte Deborah mit einem kurzen Zögern. »Ihr sagtet doch vorhin, dass ihr ein Detektivbüro habt?«

»Ja«, bestätigte Bob.

Wieder zögerte Deborah. »Sagt euch vielleicht der Name Captain Skull etwas?«

»Captain Skull?« Justus sah noch einmal zu Valery hinüber, die eben über die Wiese entschwebte. »Natürlich. Die Zeitungen haben ausführlich über ihn berichtet. Ein Dieb, der wertvolle Kunstwerke aus Privathäusern und Museen stiehlt und am Ort des Verbrechens eine rückwärtslaufende Uhr und ein Rätsel hinterlässt, das auf bestimmte Koordinaten hinweist. Dort findet sich wieder ein Koordinatenrätsel, das auf einen dritten Punkt hinweist, der schließlich mittels eines letzten Rätsels zum gestohlenen Objekt führt – das aber weg ist, wenn die Polizei nicht rechtzeitig kommt. Was ihr bisher erst einmal gelungen ist.«

»Sie haben damals doch einen Jungen geschnappt, der das Diebesgut wieder abholen wollte«, erinnerte sich Bob. »Eine chinesische Holzschatulle, auf deren Deckel das Fabelwesen Ki-Lin abgebildet war. Aus der Ming-Dynastie, sehr wertvoll. Aber der Junge war nicht der Dieb – er war anonym angeheuert worden.«

»Und seinen Namen hat Captain Skull wegen seines Erscheinungsbildes«, fiel Peter ein. »Ein Opfer hat ihn mal gesehen, als er ein Bild stahl. Er trägt ein schwarzes Kopftuch und darunter eine Totenkopfmaske, deren eines Auge wie eine Kompassrose aussieht.«

Deborah Rodman sah zu Boden und nickte verhalten. »Ich sehe, ihr wisst Bescheid.« Die drei ??? warteten, während Deborah nachdachte. Dann sprach sie weiter, leise, betrübt. »Ich habe ein Problem mit diesem Skull.« Sie sah auf.

»Ein Problem?«, fragte Justus. »Was für ein Problem?«

Deborah kniff die Lippen zusammen. »Seit dieser Kerl sein Unwesen treibt, habe ich das Gefühl, dass die Leute bei Wörtern wie Koordinaten, Längen- und Breitengraden, Navigation und so weiter nur noch an Diebstahl und Verbrechen denken.« Ihr Blick verfinsterte sich. »Ich weiß das aus zahllosen Gesprächen. Unlängst hat ein Bekannter sogar gescherzt, dass dieser Captain Skull vielleicht aus den Reihen der Track-Cracker kommt. Ich fand das gar nicht lustig. Die ganze Sache hat allmählich einen wirklich schlechten Einfluss auf das wunderschöne Hobby meines Sohnes. Einige Eltern haben ihre Kinder auch schon aus dem Club abgemeldet, Neumitglieder gibt es kaum noch.«

Die drei ??? sahen sie aufmerksam an. Es war deutlich zu sehen, wie sehr Deborah die Angelegenheit beschäftigte.

»Und die Polizei tappt völlig im Dunkeln. Nichts, gar nichts haben sie. Die sind einfach zu ... Ich glaube allmählich, dieser Kerl ist einfach zu schlau für sie.«

»Dämlich«, ergänzte Peter in Gedanken. Und ahnte langsam, worauf ihr Gespräch hinauslaufen würde.

Deborah blickte die drei Jungen fragend an. »Denkt ihr, ihr könntet euch der Sache einmal annehmen? Ich meine, die Rätsel, die dieser Skull hinterlässt, könnten genau eure Kragenweite sein. Schwieriger als die, die ihr heute gelöst habt, scheinen sie mir jedenfalls nicht zu sein. Und finanziell werden wir uns bestimmt einig.«

Justus winkte ab. »An unserem Honorar wird es sicher nicht scheitern: Wir nehmen kein Geld. Aber ich bezweifle, dass wir mehr ausrichten können als die Polizei, zumal uns deren Informationen fehlen. Und auch wenn wir einen durchaus guten Kontakt zum Police Department haben, werden sie uns kaum in alle Interna einweihen.«

Deborah lächelte geheimnisvoll und sagte: »Das lasst mal meine Sorge sein.«

Cotta ist bedient

»Er klang auch nicht so, als wollte er uns zum Eisessen einladen.« Peter blickte seine Freunde ratlos an.
»Ganz und gar nicht«, stimmte ihm Bob zu. »Eher im Gegenteil.«
Während Justus die Tür zum Police Department von Rocky Beach aufstieß, überlegte Peter, was das Gegenteil von Eis essen war. Verwandtenbesuche? Zimmer aufräumen? Eine wütende Kelly?
Vor einer halben Stunde hatte Cotta sie angerufen. Das war an sich nichts Ungewöhnliches, da sie Cotta sehr gut kannten und schon bei zahlreichen Fällen mit ihm zusammengearbeitet hatten. Sie wussten, wie mürrisch er manchmal sein konnte. Aber die Laus, die ihm heute über die Leber gelaufen war, musste gigantisch gewesen sein: Sie sollten zu ihm kommen. Jetzt gleich. Und nein, sie würden erst nachher erfahren, worum es ging.
Entsprechend ungnädig war Cottas Gesichtsausdruck, als die drei ??? sein Büro betraten. Bob musste an eine Bulldogge denken, der man den Knochen weggenommen hatte.
»Wen habt ihr dafür womit bestochen?«, knurrte sie Cotta an.
»Guten Morgen, Inspektor«, begrüßte ihn Justus betont höflich.
»Sagt schon! Wie habt ihr das angestellt?«

Bob lächelte zaghaft. »Wenn wir wüssten, worüber Sie sprechen, könnten wir Ihnen vielleicht Auskunft geben.«
»Redest du jetzt auch schon wie er?« Cotta deutete missmutig auf Justus. »Egal. Hinsetzen.« Er deutete auf die drei wackeligen Stühle, die er vor seinen Schreibtisch gestellt hatte. »Also, Folgendes. Heute Morgen kam mein Chef zu mir. Commissioner Lionell Prescott. Den sehe ich ansonsten nur auf der Weihnachtsfeier und im Fernsehen. Und er hat mir klar zu verstehen gegeben, dass ich euch anrufen soll. Sofort. Um euch in den Skull-Fall einzuweihen und bei allem zu unterstützen, was ihr bei euren Ermittlungen für notwendig erachtet.« Cotta beugte sich nach vorne. »Also. Hat sich einer von euch Prescotts Töchterchen geangelt, oder wie habt ihr das angestellt? Peter?«
»Ich? Wieso fragen Sie mich?«
»Weil du, soviel ich weiß, der Herzensbrecher von euch dreien bist.«
»Aber ich ... nein, ich weiß ja nicht einmal ... von wem reden Sie überhaupt?«
»Bob?«
Der dritte Detektiv war genauso überrascht wie Peter und wusste nichts zu sagen. Aber Justus hatte plötzlich so eine Ahnung.
»Könnte es sein«, fragte er Cotta, »dass Mr Prescott in irgendeiner Verbindung zu Mrs Rodman steht?«
Cottas Stirn bewölkte sich. »Sprich weiter!«
Der Erste Detektiv berichtete in knappen Sätzen von der Unterhaltung, die sie gestern mit Deborah Rodman geführt hatten. Cottas Gesicht wurde dabei immer finsterer. Als Justus

zum Ende gekommen war, starrte Cotta noch eine Weile ins Leere. Dann fuhr er sich mit beiden Händen über die Augen und ließ sich in seinen Stuhl zurückfallen.

»Na prima.« Er stieß einen tiefen Seufzer aus. »Jetzt ist mir einiges klar.«

»Nämlich?«, fragte Peter vorsichtig.

Cotta sah die drei Jungen der Reihe nach an. »Was soll's? Aber das bleibt unter uns!«

»Äh, was denn?« Bobs Lächeln war sehr verkrampft.

»Deborah Rodman und Lionell Prescott waren früher mal ein Paar«, begann Cotta genervt. »Viel früher. Aus eurer Sicht in der Steinzeit. Lange, bevor sie ihren Mann kennenlernte. Aber Prescott ist immer noch in sie verschossen, das ist ein offenes Geheimnis.« Cotta knurrte in sich hinein. »Und er kann ihr offenbar immer noch keinen Gefallen abschlagen.«

Oder Dinge für sich behalten, die sie eigentlich nichts angehen, dachte Justus. Ihm war jetzt klar, wieso Deborah Rodman so gut über Captain Skulls Rätsel Bescheid gewusst hatte.

Wieder wanderte Cottas Blick zu den Jungen. Er schien ein wenig milder gestimmt, war aber immer noch meilenweit von Eisessen entfernt.

»Na gut. Dann soll das wohl so sein.« Cotta zuckte mit den Schultern, öffnete eine der Schubladen seines Schreibtisches und entnahm ihr eine dicke Akte. »Kann's losgehen?«

Die drei Jungen nickten.

In der nächsten Stunde weihte Cotta die drei Jungen in alle Details des Falls um den geheimnisvollen Captain Skull ein. Der mysteriöse Unbekannte hatte in den vergangenen vier

Monaten sechs Diebstähle verübt. Zwei Gemälde waren entwendet worden, eine kleine Bronzeskulptur, ein Stich aus dem 17. Jahrhundert, die Erstausgabe eines Buches von Walt Whitman und eine chinesische Holzschatulle.

»Und nur die haben Sie rechtzeitig entdeckt, richtig?« Peter deutete auf das Bild der Schatulle. Sie hatte die Größe eines dicken Buches und war aus dunklem Holz gefertigt. Der Deckel war mit hellen Einlagen verziert, die einen kleinen gehörnten Drachen mit Pferdehufen abbildeten: Ki-Lin. Auf der Vorderseite konnte der Zweite Detektiv so etwas wie ein altertümliches Zahlenschloss erkennen.

Cotta holte vernehmlich Luft. »Ja, nur die haben wir rechtzeitig entdeckt, Peter. Aber jetzt haben wir ja euch. Richtig?«

»So habe ich das nicht gemeint«, sagte Peter kleinlaut.

»Schon klar. Weiter im Text.«

Die Rätsel, die sich Captain Skull hatte einfallen lassen, waren durchaus vertrackt. Es waren hauptsächlich Worträtsel, aber er hatte auch Zahlen- und Bilderrätsel verwendet. Justus löste probehalber zwei von ihnen und musste feststellen, dass auch er sich sehr schwertat. Dazu kam noch, dass man immer von einem Ort zum nächsten hetzen musste, wenn man ein Rätsel geknackt hatte. Und die Zeit, die Captain Skull der Polizei gab, war stets knapp bemessen gewesen.

»Und es waren immer drei Zielorte?«, fragte Bob nach.

Cotta nickte. »Wenn man den eigentlichen Tatort nicht mitrechnet, ja.«

»Konnten Sie aus den Indizien irgendwelche Rückschlüsse ziehen?«, wollte Justus wissen. »Aus den Uhren beispielsweise, die Skull am Ort des Diebstahls zurücklässt? Oder den Zetteln, auf denen die Rätsel standen? Den gestohlenen Objekten? Gab es Parallelen zwischen den Opfern?«

»Nein. Keine Spuren, keine Muster, keine Parallelen, keine Vorlieben, nichts. Skull scheint völlig willkürlich vorzugehen. Und auch die Caches sind in der Hinsicht absolut unauffällig.« Cotta lächelte süffisant, als er Justus' anerkennenden Blick sah. »Ja, auch der alte Cotta macht seine Hausaufgaben, lieber Justus. Denn die Sache mit den Koordinaten hat uns natürlich stutzig gemacht. Wieso stellt uns der Dieb gerade diese Art von Rätsel?«

Bob verstand, was Cotta damit andeuten wollte. »Sie meinen, die Track-Cracker haben was damit zu tun?«

»Wir müssen die Möglichkeit zumindest in Betracht ziehen.«

»Irgendwelche konkreten Anhaltspunkte?« Justus nickte in Richtung der Akte.

»Jein«, antwortete Cotta ausweichend. »Die meisten Mitglieder des Vereins haben ein Alibi für die fraglichen Zeiten. Nur drei nicht. Aber das ist auch schon alles.«

Die drei Detektive verdauten das Gehörte. Nach einer Weile fiel Peter noch etwas ein. »Und auf dieser Holzschatulle waren keine Spuren? Fingerabdrücke, ein Haar oder so?«

Cotta machte große Augen. »Doch! Jetzt, wo du's sagst! Da klebte ein Zettel dran, auf dem stand: Captain Skull, 1000 Hollywood Boulevard, Los Angeles.«

Der Zweite Detektiv zog den Kopf ein. »War ja nur 'ne Frage.«

»Diese Schatulle«, hakte Bob nach. »Wo ist die jetzt?«

»Unten in unserer Asservatenkammer«, antwortete Cotta. »Der Besitzer, ein gewisser …«, er blätterte in der Akte nach hinten, »Frank Petrella, verstarb kurz nach dem Diebstahl bei einem Bootsunfall in Europa. Und seitdem verhindern Streitigkeiten unter seinen Erben, dass wir die Schatulle loswerden, weil nicht klar ist, wer sie bekommt.«
»Ist sie denn wertvoll?«, erkundigte sich Peter.
Cotta machte eine vage Geste. »Keine Millionen, aber zumindest so viel, dass man sich darum streiten kann.«
»Können wir uns die Schatulle vielleicht einmal ansehen?«, fragte Justus.
Cotta nickte. »Warum nicht? Kommt mit!«
Sie verließen Cottas Kämmerchen, liefen durch das angrenzende Großraumbüro und begaben sich zum Fahrstuhl. Dort drückte der Inspektor den Knopf für das Untergeschoss und wartete, dass sich die Türen schlossen.
»Allmählich muss wirklich etwas passieren«, sagte er, als sich der Aufzug rumpelnd in Bewegung setzte, und kratzte sich an der Schläfe. »Die Presse sitzt uns im Nacken, der Bürgermeister ruft alle zwei Tage an und jetzt hetzt uns Prescott auch noch euch auf den Hals.« Ein verschmitztes Grinsen huschte über sein Gesicht.
Im Untergeschoss führte Cotta die Jungen durch einen langen Gang, an dessen Ende eine grüne Eisentür war. Er öffnete sie mit einem Schlüssel seines Schlüsselbundes, knipste das Licht an und bat die Jungen, ihm zu folgen.
Sie betraten einen großen, fensterlosen Raum mit kahlen Wänden. Vier lange Metallregale, die bis unter die Decke reichten, durchzogen ihn. Auf ihnen fanden sich zahllose Kis-

ten, Wannen und Kartons. Cotta blieb in der Mitte des zweiten Regales von rechts stehen, griff nach einer Metallbox und holte sie herunter. Über ihm fing eine Neonröhre an zu flackern.

»Das ist sie.« Cotta holte die Schatulle aus der Kiste und stellte sie vor die Jungen auf das Regal.

Justus ging etwas näher heran. »Ein wunderschönes Stück.«

»Sehr edel«, fand auch Bob, der sich mit Kunstgegenständen recht gut auskannte. »Und sicher nicht billig.«

»Was ist das denn?« Peter zeigte auf das Zahlenschloss, das ihm schon auf dem Foto in der Akte aufgefallen war. Allerdings stellte er jetzt fest, dass es gar kein Zahlenschloss war.

»Der Schließmechanismus«, sagte Cotta. »Vier hölzerne Rädchen mit jeweils zwölf chinesischen Zeichen. Aber wir haben keine Ahnung, welche Kombination das gute Stück öffnet. Und daran herumpfuschen und es womöglich kaputt machen wollten wir nicht.«

»Ist denn etwas drin?«, fragte Bob.

Cotta nahm die Schatulle und schüttelte sie leicht. Ein leises, klapperndes Geräusch war zu hören. »Irgendetwas schon. Aber die Erben wissen nicht, was. Und uns kann das egal sein.«

Justus nickte und drehte probehalber an einem der Rädchen. »Interessant. Sehr interessant.«

Cotta packte die Schatulle wieder in die Kiste. »Das war's, Jungs. Mehr Infos habe ich auch nicht. Ich lasse euch noch Kopien von allem machen, was vorliegt, und ab dann liegt das Schicksal der Stadt in den Händen von Prescotts Special Forces.« Er salutierte und machte ein betont ernstes Gesicht.

Die drei Jungen lächelten halbherzig. Selbst Justus fragte sich insgeheim, ob es wirklich schlau gewesen war, diesen Fall anzunehmen. Was sollten sie gegen einen Ganoven ausrichten, der die ganze Polizei von Rocky Beach seit Monaten an der Nase herumführte?

Und kurz darauf bereitete den Jungen noch etwas anderes Kopfzerbrechen. Bob war es, dem es zuerst auffiel. Cotta hatte sie mit allen Informationen versorgt und sie verabschiedet, sie standen im Aufzug, der sie wieder nach unten brachte, und Justus blätterte schon einmal in den Kopien.

»Kollegen«, begann der dritte Detektiv nachdenklich. »Wisst ihr, was wirklich merkwürdig ist?«

»Frag eher, was nicht merkwürdig ist«, erwiderte Peter, dem noch der Kopf von all den Details rauchte, die sie in der letzten Stunde erfahren hatten.

»Was denn?«, fragte Justus, ohne aufzublicken.

»Cotta«, sagte Bob. »Normalerweise hat er doch immer einen klugen Spruch auf Lager, wenn wir uns in einen Fall stürzen. Geht bloß kein Risiko ein, spielt nicht die Helden, lasst die Finger davon, das ist eine Nummer zu groß für euch – irgendetwas in der Art.«

Justus sah auf. »Ja? Und?«

Bob zuckte mit den Schultern. »Na ja. Diesmal hat er gar nichts gesagt.«

Alte Liebe rostet nicht

Als die drei ??? kurze Zeit später auf dem Schrottplatz der Familie Jonas ankamen und aus Bobs Käfer stiegen, umwehte sie ein verführerischer Duft. Er zog vom Wohnhaus genau in ihre Richtung. Alle drei hielten sie ihre Nase in den Wind und schnupperten.
»Pfannkuchen. Ganz eindeutig Pfannkuchen«, stellte Peter mit halb geschlossenen Augen fest.
»Und ein Hauch von warmer Erdbeermarmelade.« Bob spürte, wie es in seinem Magen grummelte.
Auch Justus wurde wie magnetisch von dem Wohlgeruch angezogen. »Aber warum um diese Zeit Pfannkuchen? Egal, ich beantrage hiermit, unsere Sitzung auf die Zeit nach dem Mittagessen zu verschieben. Antrag angenommen?«
»Aber so was von angenommen!«
»Worauf du drei Löffel Erdbeermarmelade nehmen kannst!«
Justus nahm die Akte und die beiden Kopien, die sie auf dem Weg zum Schrottplatz noch angefertigt hatten, und lief mit Peter und Bob zum Haus. Sie hatten kaum die Tür geöffnet, da überschwemmte sie der Pfannkuchenduft wie eine süße, buttrige Woge.
»O Mann!« Peter stieß ein wohliges Seufzen aus.
Doch als die Jungen die Küche betraten, war die Luft auf einmal alles andere als köstlich. Sie war dick. Zum Schneiden dick. Verwirrt blieben die drei ??? in der Tür stehen.

Tante Mathilda und Onkel Titus saßen am Küchentisch. Zwischen ihnen auf einer Platte ein dampfender Berg frischer Pfannkuchen, vor ihnen Teller, Besteck, Marmeladengläser, Zucker, Honig, Butter und zwei Gläser Milch. Aber keiner von ihnen aß. Ganz im Gegenteil. Beide saßen wie versteinert auf ihren Stühlen, sagten kein Wort und starrten finster ins Leere.

»Hallo?« Justus hob langsam die Hand.

Wie in Zeitlupe drehte Tante Mathilda den Kopf. »Nehmt euch Teller, setzt euch, greift zu«, sagte sie ausdruckslos.

»Ist etwas passiert?« Justus kam einen Schritt näher, Peter und Bob folgten.

Tante Mathilda blieb stumm, Onkel Titus hatte sich ohnehin noch nicht bewegt. Sein gewaltiger Schnurrbart zitterte leicht, das war alles.

»Ich glaube, es ist besser, wenn wir uns wieder verdrücken«, flüsterte Peter. »Hier riecht es nach Ärger.«

»Allerdings!«, sagte Tante Mathilda so laut, dass die drei Jungen zusammenfuhren. »Aber deswegen müssen die schönen Pfannkuchen nicht verkommen. Also setzt euch und esst!«

Die Jungen nickten zaghaft und begaben sich an den Küchentisch. Justus holte für jeden einen Teller und Besteck aus dem Schrank. Danach nahm sich jeder einen Pfannkuchen, vorsichtig, so als müsste er ihn stehlen, tat sich etwas Marmelade auf, nicht zu viel, und begann zu essen. Leise, ganz leise.

»Tante Mathilda«, versuchte es Justus nach einer Weile noch einmal. »Was ist denn nur —«

»Frag deinen Onkel!«, blaffte Tante Mathilda.
Der Erste Detektiv blickte nach rechts, Peter und Bob aßen gesenkten Hauptes weiter.
»Deine Tante reagiert über«, grummelte Onkel Titus unter seinem Schnurrbart hervor. »Es ist gar nichts.«
»Gar nichts!«, fuhr Tante Mathilda auf. Peter verschluckte sich und musste husten. »Und warum sagst du mir dann nicht endlich, wer Roberta ist?« Sie zog ein vergilbtes Blatt aus der Tasche und wedelte damit herum. Jetzt verschluckte sich auch Bob. Justus riss die Augen auf.
»Schätzchen —«
»Nenn mich nicht Schätzchen!«
»Mathilda, ich habe dir doch jetzt schon x-mal gesagt, dass das alles schon Jahrhunderte zurückliegt.« Onkel Titus machte einen äußert bekümmerten Eindruck. »Lange vor deiner, vor unserer Zeit. Du hast den Briefentwurf unter der Schublade des alten Küchenschranks gefunden. Weißt du noch, den habe ich von meiner Mutter mitgebracht, als wir hier eingezogen sind?«
»Und warum hast du mir nie etwas von dieser Roberta erzählt?«
»Weil sie nicht wichtig war, Schatz.«
»Nicht wichtig! Aha! Und warum schreibst du dann —«
»Bitte, Schatz, das musst du doch nicht hier vorlesen!« Onkel Titus lächelte, als hätte er die Daumen im Schraubstock.
»Da steht nichts drin, was die Jungs nicht hören dürften«, konterte Tante Mathilda. »Also. Du schreibst ihr …« Tante Mathildas Blick wurde verächtlich. »Deine Haut ist zarter als der Frühlingsmorgen und dein Blick macht mein Herz errö-

ten.« Sie funkelte ihren Gatten an. »Und da sagst du, dass sie nicht wichtig war?«

Peter stopfte sich schnell einen großen Bissen Pfannkuchen in den Mund, Bob starrte auf den Teller, Justus versteinerte.

»Schatz, so ein Zeug schreiben wir doch alle, wenn wir jung sind.«

»Aber mir«, Tante Mathilda tippte sich an die Brust, »hast du so etwas nie geschrieben! Nie!« Sie stand auf, warf ihrem Gatten noch einen wütenden Blick zu und rauschte aus der Küche.

»Schatz! Warte doch!« Onkel Titus erhob sich ebenfalls und folgte seiner Frau.

Am Tisch herrschte erst einmal bedrücktes Schweigen. Nach einiger Zeit sagte Peter: »Meine Güte.«

Bob nickte. »Du sagst es.«

Justus atmete tief durch. »Lasst uns ein paar Pfannkuchen mitnehmen und dann verkrümeln wir uns in die Zentrale. Da ist es sicherer.«

Die Zentrale war ein alter Campinganhänger, der unter einem großen Haufen Schrott verborgen auf dem Gelände des Gebrauchtwarencenters der Familie Jonas stand. Sie war der Dreh- und Angelpunkt des Detektivunternehmens der drei Jungen und mit allem ausgerüstet, was man für ein solches Unternehmen brauchte: Telefon, Computer mit Internetanschluss, Faxgerät, Labor und Dunkelkammer und so weiter. Hinein gelangte man über zwei Geheimgänge, die allerdings so knapp bemessen waren, dass man mit einigen Pfannkuchen in der Hand durchaus Probleme bekommen konnte.

Aber bis auf einen großen Klecks Marmelade, der auf Justus'

Hose landete, kamen die drei unbeschadet im Wohnwagen an. Peter und Bob ließen sich in die Sessel plumpsen und Justus nahm am Schreibtisch Platz.

»Zarter als der Frühlingsmorgen.« Der Zweite Detektiv schüttelte den Kopf und biss in seinen Pfannkuchen.

»Ich wusste gar nicht, dass dein Onkel eine so ausgeprägte poetische Ader hat«, schmunzelte Bob.

»Und offenbar auch eine wilde Vergangenheit«, ergänzte Peter mit vollem Mund. »Ich sage nur: Roberta! Da fällt mir ein …« Er richtete sich auf. »Vielleicht hast du ja was von dieser Ader abbekommen, Just?«

Der Erste Detektiv schaute ihn fragend an. »Worauf willst du hinaus?«

»Na ja.« Peter gab sich unschuldig. »Wenn dem so wäre, wäre es möglicherweise keine schlechte Idee, wenn du Valery … du weißt schon … auch ein kleines Gedicht … oder so?« Er grinste breit.

Justus lächelte ironisch. »Deine Fürsorge in allen Ehren, Zweiter, aber in Bezug auf Valery redest du dir etwas ein. Sie ist ein interessanter Mensch, mehr ist da nicht.«

Der Zweite Detektiv nickte bedächtig. »Interessanter Mensch. Natürlich.«

»Ja, interessant.«

»Und zufälligerweise auch noch ein sehr hübscher interessanter Mensch.«

»Das eine hat mit dem anderen nichts zu tun.«

»Aber toll, wenn beides zusammentrifft, oder?«

Justus verdrehte die Augen. »Können wir jetzt anfangen?«

»Natürlich. Captain Skull ist ja auch sehr interessant.« Peter zuckte mit den Schultern. »Wenn auch nicht sonderlich hübsch.«

Der Erste Detektiv murmelte noch etwas vor sich hin, biss von seinem Pfannkuchen ab und schlug Cottas Akte auf.

»Das wird eine Menge Arbeit«, sagte Bob. »Allein bis wir alle Informationen so weit intus haben, dass wir auf dem aktuellen Stand sind. Ganz zu schweigen davon, dass wir alles noch einmal für uns durchgehen müssen, um vielleicht doch etwas zu entdecken, das die Polizei übersehen hat.«

»Deswegen müssen wir auch einen Schlachtplan aufstellen«, erwiderte Justus und gab Peter und Bob je eine der Kopien. »Ich würde vorschlagen, dass wir zunächst jeder für sich noch einmal alles lesen, was uns Cotta mitgegeben hat. Anschließend überlegen wir, wie wir am besten vorgehen.«

Peter warf einen skeptischen Blick auf den dicken Stapel Papier in seiner Hand. »Da sitzen wir aber eine Weile dran.«

»Dann lasst uns keine Zeit verlieren«, entgegnete Justus und beugte sich über die Akte. Doch in diesem Augenblick läutete das Telefon.

Justus hob ab. »Justus Jonas von den drei Detektiven.«

»Ist Peter da?«, schallte es ihm aus dem Hörer entgegen. Kelly war dran. Und offensichtlich war sie alles andere als gut gelaunt. »Oder warte, ich frag besser dich. Sonst redet der sich wieder raus.«

»Kelly!«, sagte Justus unhörbar zu Peter. Seine Grimasse verriet deutlich, in welcher Stimmung sich Peters Freundin befand.

Der Zweite Detektiv runzelte die Stirn und bedeutete Justus, ihm das Telefon zu geben. Der jedoch schüttelte den Kopf und zeigte auf sich. Peter blickte ihn erstaunt an und der Erste Detektiv schaltete den Lautsprecher ein, damit sein Freund mithören konnte.

»Also, Just. Sag mir die Wahrheit!« Kelly war wirklich ziemlich aufgebracht. Unwillkürlich musste Justus an Tante Mathilda denken. »Wer ist diese Prinzessin?«

»Prinzessin? Welche Prinzessin? Ich weiß nicht, was du meinst«, erwiderte der Erste Detektiv überrascht.

»Ach, komm schon, Just!«, fuhr Kelly auf. »Jennifer war auch bei diesem Track-Racker-Spiel-Dings und sie hat mir erzählt, dass Peter eine Prinzessin retten wollte. Also! Komm! Wer ist diese ... Person?«

Eine erste Spur

Es kostete Peter zehn Minuten, bis er Kelly davon überzeugt hatte, dass sie sich wirklich keine Sorgen machen musste. Alles war in Ordnung, die Prinzessin hätte ganz sicher nur aus Plastik und Pappe bestanden. Da wäre nichts gewesen. Ganz bestimmt nicht. Großes Ehrenwort. Jennifer hätte sie auf den Arm genommen. Ja, ganz sicher. Nein, es wäre alles nur ein großes Missverständnis. Ja, er würde gerne mit ihr zu Luigi Eis essen gehen. Nein, er hätte nichts anderes vor.
Reichlich erschöpft legte Peter schließlich auf. »O Mann!«, entfuhr es ihm.
Bob musste laut lachen. »Offenbar bin ich im Moment der Einzige, der von den Irrungen und Wirrungen der Liebe verschont bleibt. Das ist ja wie ein Grippevirus! Steckt mich bloß nicht an damit!«
Justus knurrte irgendetwas Unverständliches und vertiefte sich wieder in seine Akte. Auch Peter hatte keine Lust, das zu kommentieren. Er blickte auf seine Uhr, murmelte etwas von »noch 'ne halbe Stunde« und begann ebenfalls zu lesen. Bob schüttelte noch einmal den Kopf und schlug lächelnd seine Kopie auf.
Nach einer halben Stunde verabschiedete sich der Zweite Detektiv, versprach aber, wiederzukommen, sobald er konnte. Es war offensichtlich, dass er viel lieber bei seinen Freunden geblieben wäre.

»Hals- und Beinbruch, Zweiter!«, wünschte ihm Bob, als sich Peter aus dem Sessel hievte.

»Danke, das kann ich sicher gut gebrauchen.«

Während Justus wortlos die Hand hob, ohne von seiner Akte aufzublicken, öffnete der Zweite Detektiv die Falltür im Boden des Anhängers und verschwand in Tunnel II. Bob holte sich noch eine Dose Cola aus dem Kühlschrank, dann widmete auch er sich wieder seinen Aufzeichnungen.

Für einige Zeit herrschte in der Zentrale konzentrierte Stille. Nur das Rascheln von Seiten war zu hören. Manchmal knackte es draußen im Schrottberg. Irgendwo piepste ein Vogel.

Nach einer Weile fragte der dritte Detektiv: »Bist du mit den Verstecken schon durch?«

Justus schrieb noch schnell etwas auf und sah auf die vor ihm liegende Landkarte. »Ja. Bis jetzt liegen die Caches alle in einem Radius von zwanzig Minuten rund um Rocky Beach. Wir haben Höhlen, leer stehende Gebäude, Felsnischen, Holzstapel, Baumlöcher, verlassene Fuchsbauten und so weiter. Skull scheint hier keine Vorliebe zu haben.«

»Und die Caches sind immer gleich bestückt«, ergänzte Bob. »Eine wasserdichte Dose, in der sich das Rätsel befindet. Für das Diebesgut verwendet er sicher andere Behälter, aber da wurde ja bis jetzt nur eine Plastikbox gefunden, in der die chinesische Schatulle lag. Weder auf den Dosen noch auf der Box waren brauchbare Spuren. Und die Teile kann man in jedem Baumarkt um die Ecke kaufen.«

Der Erste Detektiv nickte. »Lass uns weiterlesen.«

Die nächsten Seiten befassten sich mit den Rätseln und mit

den Verdächtigen, die die Polizei bisher ausgemacht hatte. Zwischendurch rief Peter vom Handy aus an und teilte ihnen mit, dass es noch ein wenig dauern würde.
»Wo steckst du?«, fragte Justus. »Du klingst so ... dumpf.«
»Auf Luigis Toilette. Ich brauchte 'ne Auszeit.«
»So schlimm?«
»Schlimmer.«
»Verstehe. Halt die Ohren steif!«
»Das sagt sich so einfach.«
Justus legte auf. »Scheint doch noch Komplikationen zu geben«, sagte er zu Bob.
Doch der dritte Detektiv hörte ihm nicht zu. Gedankenverloren starrte er auf den kleinen Fernseher an der gegenüberliegenden Wand.
»Bob?«
»Äh, ja.« Der dritte Detektiv kam wieder zu sich. »Ich musste nur ... mir war, als wäre da irgendetwas. Aber ich weiß nicht ... war nur so ein Gefühl.«
»Bei den Verdächtigen? Oder den Rätseln?«
»Ja, auch. Und bei den Verstecken.« Der dritte Detektiv winkte ab. »Vielleicht fällt's mir nachher wieder ein. Sollen wir?«
»Ja. Die Rätsel habe ich mir ja schon bei Cotta angesehen. Wort-, Bild- und Zahlenrätsel, zum Teil verpackt in Fragen zu allen möglichen Bereichen. Geografie, Geschichte, Technik, Biologie et cetera. Knifflig, aber nicht unlösbar. Das Problem ist allerdings die Zeit.«
»Wäre natürlich genial, wenn man bei der nächsten Rätseljagd einen Laptop mit Internetzugriff dabeihätte«, überlegte

Bob. »Damit ließe sich das eine oder andere Rätsel sicher schneller lösen.«

»Ich befürchte, dass an den meisten Verstecken keine Verbindung ins Internet hergestellt werden kann«, erwiderte Justus. »Dazu liegen sie zu abseitig. Kein Empfang. Aus dem gleichen Grund scheidet auch ein Kontakt über Handy aus.«

Bob tippte auf seine Kopie. »Und was meinst du zu den drei Verdächtigen – den Track-Crackern ohne Alibi?«

Justus machte ein skeptisches Gesicht. »Ich würde nicht so weit gehen, sie als Verdächtige zu bezeichnen. Es ist nichts weiter als ein erster Ansatzpunkt der Polizei und von daher ein Zeugnis dafür, dass die Ermittlungen bisher nicht sonderlich weit gediehen sind.«

»Sehe ich auch so«, sagte Bob. »Benjamin, Valery und dieser Josh Reilly. Und wenn man den Kreis noch weiter zieht, dann auch dieser Typ, der die Schatulle abgeholt hat.« Der dritte Detektiv suchte in den Unterlagen nach dem Namen. »Tim Grady. Vom Profil her der Einzige, dem man halbwegs kriminelle Energien unterstellen könnte. Wobei man natürlich nie wissen kann.«

Justus knetete nachdenklich die Unterlippe. Zu einer ähnlichen Schlussfolgerung war er auch gelangt.

Die Polizei hatte angesichts der Art und Weise, wie Captain Skull sein merkwürdiges Spiel aufzog, natürlich an Leute gedacht, die mit Geocaching vertraut waren. Also an die Track-Cracker, den einzigen Geocaching-Club in Rocky Beach. Der Verein zählte sechsundzwanzig Mitglieder, von denen einige zu jung und zu klein waren, um als Skull in Frage zu kommen. Blieben vierzehn. Elf von ihnen hatten wasserdichte

Alibis für zumindest einen der Diebstähle, was den Kreis der Verdächtigen auf drei einschränkte – wenn man von nur einem Täter ausging: Benjamin Rodman, Valery Flockhart und Josh Reilly, ein selbstbewusster junger Eventmanager, an den sich Justus vom Kennenlern-Wettbewerb her gut erinnern konnte. Weil er ihn als recht großspurig empfunden hatte und weil sich Reilly mit Valery unterhalten hatte. Zweimal sogar. Zweimal zu oft für Justus' Geschmack.

Benjamin, Valery und Reilly hatten also für keinen der Diebstähle ein Alibi. Das war aber auch schon alles, was sie verdächtig machte. Tim Grady hingegen war der Polizei schon des Öfteren als Tunichtgut aufgefallen, der seine Zeit in Bars und Spielhallen verbrachte und sogar schon einmal im Gefängnis gesessen hatte. Wegen Diebstahls.

Grady war erwischt worden, als er die Schatulle im Versteck deponierte. Nach seinen Aussagen hatte er aber nichts mit der Sache zu tun. Er hatte, so stand es im Polizeiprotokoll, einen anonymen Anruf erhalten, ob er sich ein paar Dollar dazuverdienen wolle. Er müsse nur ein Paket abholen, das er in einem Gebüsch fände, und das Paket an einen bestimmten Ort bringen. Da ihm dafür fünfundfünfzig Dollar in Aussicht gestellt worden waren, die auf dem Paket liegen würden, hatte Grady natürlich zugesagt. Aber er habe den Auftraggeber weder gesehen noch wisse er seinen Namen. Es sei ein Mann gewesen, das sei alles, was er sagen könne.

»Was doch eigentlich gegen Valery spricht, oder?«, sagte Justus.

Bob sah ihn nachsichtig an. »Eigentlich ja, aber uneigentlich nicht. Wir wissen nicht, ob Skull allein arbeitet.«

Der Erste Detektiv knurrte irgendetwas, was sich anhörte wie: »Ja, kann sein.« Er legte die Akte auf den Schreibtisch und ließ sich in seinem Stuhl nach hinten sinken. »Captain Skull. Ich frage mich, ob die Verkleidung noch einen tieferen Sinn hat als den offensichtlichen, nicht erkannt zu werden. Wieso tritt der Dieb in dieser Maskierung auf?«

»Eine Drohung?«, riet Bob. »Der Totenkopf könnte so gemeint sein.«

»Wäre möglich. Hätten wir noch das Piratentuch, das Auge mit der Kompassrose und die Caches, deren Inhalte sich als Schätze deuten lassen. Das passt zwar alles recht gut zusammen, aber der Sinn dahinter erschließt sich mir nicht.«

»Vielleicht gibt es keinen?«

Der Erste Detektiv wirkte skeptisch. »Meine Intuition sagt mir etwas anderes. Wir müssen genauer hinsehen.«

»Und welches Motiv steckt hinter diesem merkwürdigen Versteckspiel? Was glaubst du?« Bob sah Justus fragend an.

»Auf den ersten Blick könnte man meinen, dass hier jemand die Polizei zum Narren halten will«, antwortete Justus. »Aber es könnte auch um etwas ganz anderes gehen. Vielleicht ist es ein Ablenkungsmanöver, ein Racheakt, ein abgekartetes Spiel oder ein …« Justus zuckte mit den Schultern. »Ich weiß es nicht. Wir müssen erst mehr Informationen sammeln.« Er nahm seine Akte wieder zur Hand und blätterte bis zum Ende. »Fünf Seiten noch. Lass uns das zu Ende bringen.«

»In Ordnung. Bis dahin könnte auch Peter –« Abrupt hielt Bob inne. »Fünf!«

Justus blickte ihn verständnislos an. »Was ist mit fünf?«

Bob ging hektisch einige Seiten zurück. »Die Zahl Fünf! Das

war's, was mich vorhin stutzig gemacht hat. In etlichen Rätseln und Koordinaten taucht die Fünf auf, auch in den Fristen, die Skull der Polizei gesetzt hat. Und denk an die fünfundfünfzig Dollar!«

Der Erste Detektiv runzelte die Stirn. »Jetzt, wo du's sagst.«

»Guck doch!« Bob zeigte auf eine aufgeschlagene Seite. »Fünf Kinder hat ein fünfundfünfzigjähriger Mann. Oder hier: Die Frist lief bis 17.05 Uhr bei Diebstahl Nummer drei. Und beim letzten ließ er der Polizei bis 15.35 Uhr Zeit. Das kann doch kein Zufall sein!«

»Hier sind die Koordinaten der Verstecke«, sagte Justus, als er die Stelle gefunden hatte. »34 Grad, 2,550 Minuten. Und 34 Grad, 5,055 Minuten. Oder hier: 118 Grad, 34,555 Minuten.« Der Erste Detektiv blätterte ein paar Seiten weiter. »Und in den Rätseln kommt die Fünf auch noch mehrmals vor.« Er blickte auf. »Du hast Recht, Dritter. Das könnte womöglich eine Spur sein!«

Schrei aus dem Dunkeln

Wenig später rief Peter an und informierte seine Freunde, dass Kelly nach Hause musste. Er wäre in ein paar Minuten bei ihnen. Doch mit einem Blick in seine Unterlagen entschied sich Justus für ein anderes Vorgehen.
»Bleib, wo du bist, Zweiter! Wir holen dich ab.«
»Wieso? Wo fahren wir hin?«, fragte Peter.
»Luigis Eisdiele liegt genau auf dem Weg zu Nigel Tillerman«, erwiderte Justus, »dem Mann, der bisher als Einziger Skull gesehen hat. Und von dort ist es nur ein Katzensprung zu den Rodmans. Ich würde mich gern noch einmal mit Benjamin und seiner Mutter unterhalten.«
»Okay, dann warte ich hier.« Peter legte auf.
Zwanzig Minuten später parkte Bob seinen Käfer vor der Einfahrt zu Nigel Tillermans Haus, das ganz am östlichen Stadtrand von Rocky Beach lag. Dass Tillerman vermögend war, sah man auf den ersten Blick. Ein mächtiger Landrover und ein Porsche standen vor der Doppelgarage, das Haus war fast so groß wie das der Rodmans und auch der Garten wies gewisse Ähnlichkeiten mit ihrem Anwesen auf. Eine wunderschöne Teichanlage, über die eine Brücke zum Haus führte, zog sich wie ein Burggraben um die Vorderseite des Anwesens.
Justus drückte die Klingel neben dem hohen Einfahrtstor und kurz darauf knackte es in der Sprechanlage. »Seid ihr drei das?«, fragte eine kratzige, raue Stimme. So ungefähr hörten

sich Cowboys im Film an, wenn sie eine Nacht durchzecht hatten.

»Die drei ???, ja, Sir«, sagte Justus in die Sprechschlitze.

»Dann hereinspaziert.« Ein Summer ertönte und das Tor schwang langsam auf.

Die Jungen betraten das Grundstück und liefen die Einfahrt hinauf. Tillerman erwartete sie an der Haustür. Sein Äußeres passte sehr gut zu seiner Stimme, wie Peter fand. Ein kleiner, knorriger Mann mit O-Beinen und einer Frisur, die ihn an den alten Reisigbesen erinnerte, der in ihrer Garage stand.

»Soso, drei Detektive!«, begrüßte er sie und lachte heiser. »Willkommen!«

Der Erste Detektiv hatte Tillerman kurz vor ihrer Abfahrt angerufen. Er hatte ihm erklärt, dass sie mit der Polizei im Fall Captain Skull zusammenarbeiteten und ihm gern einige Fragen stellen würde. Tillerman hatte nichts dagegen gehabt, ganz im Gegenteil, er schien sich auf Besuch zu freuen.

»Was kann der alte Nigel denn nun für euch tun, Jungs, hm?« Tillerman führte die Detektive durch einen dunklen Gang in ein riesiges Wohnzimmer, wo er sie zu einem Ledersofa dirigierte. Zahlreiche Bilder hingen an den holzgetäfelten Wänden und über dem offenen Kamin prangten zwei alte Winchester-Gewehre und eine noch ältere Muskete.

»Nun, Sie haben bisher als Einziger den ominösen Dieb gesehen«, erwiderte Justus. »Könnten Sie uns noch einmal ganz genau berichten, was geschehen ist und was Sie gesehen haben?«

»Manchmal fällt einem ja später noch etwas ein«, ergänzte Bob.

Tillerman kratzte sich an der Kehle. »Klar, kann ich, kann ich.«

Wirklich Neues erfuhren die Jungen von Nigel Tillerman allerdings nicht. Die Informationen über das Aufeinandertreffen zwischen Tillerman und Skull, das gestohlene Bild und über Skulls Aussehen standen alle genau so in der Akte. Aber eine Sache fand Justus dann doch interessant.

»Skull musste vorn rauslaufen, als er vor Ihnen floh, ist dann aber ums Haus herum und durch den Garten gerannt, obwohl es hinter Ihrer Grundstücksgrenze einen steilen und steinigen Hang hinabgeht? Ein sehr eigenartiger Fluchtweg.«

»Und ob! Ich hätte drauf schwören können, dass sich der Bursche dabei alle Knochen bricht«, sagte Tillerman. »Aber als die Polizei da war, war der Kerl weg. Spurlos verschwunden. Mit meinem Bild.«

»Vielleicht hatte er dort unten irgendwo geparkt?«, mutmaßte Peter.

Tillerman schüttelte den Kopf. »Da unten ist Wildnis und sonst nichts.«

Ein paar Minuten später saßen die drei ??? wieder in Bobs Käfer und machten sich auf den Weg zu den Rodmans. Justus beschäftigte immer noch der merkwürdige Fluchtweg, den Captain Skull genommen hatte, doch er konnte sich absolut keinen Reim darauf machen.

»Der war vielleicht einfach ein bisschen durch den Wind«, sagte Peter. »Tillerman kann sicher ziemlich furchterregend werden, wenn man ihm dumm kommt.«

Justus war diese Erklärung zu einfach. »Skull trat bisher äußerst kühl und berechnend auf. Ich habe nicht den Eindruck, als ließe er sich allzu leicht irritieren.«

»Und wenn er jemanden vor der Einfahrt gesehen hat?«, überlegte Bob. »Einen Spaziergänger, vielleicht mit Hund?«

»Davon hat Tillerman aber nichts gesagt«, entgegnete Justus.

Auf der Fahrt zu den Rodmans kamen die drei Detektive an Samuel Rodmans Firma vorbei, einem modernen Glasbau mit begrünten Dachflächen. Kurz danach überquerten sie die neue Grant-Brücke, die die kurvenreiche und schmale Straße durch den Topanga-Canyon ersetzte, und fünfzehn Minuten nachdem sie Tillerman verlassen hatten, hielt Bob seinen Käfer auf dem Vorplatz der Rodman-Villa an.

Benjamin ließ sie herein und führte sie ins Esszimmer, wo seine Mutter gerade telefonierte. Aus der angrenzenden Küche duftete es verlockend nach gebratenem Hühnchen.

»Dann musst du nicht mehr in die Stadt? ... Toll! Bis gleich. Und ...« Sie lachte leise. »Heute bitte keine Blumen, ich wüsste nicht mehr, wohin damit.« Deborah Rodman legte auf. »Dad macht heute auch schon Schluss«, sagte sie zu ihrem Sohn. Dann begrüßte sie die drei Detektive. »Schön, euch zu sehen.« Sie überlegte kurz und sah zum Esstisch. »Wollt ihr mit uns zu Abend essen? Mein Mann ist in einer guten halben Stunde hier.«

Peters Mundwinkel gingen nach oben, doch Justus lehnte ab. »Vielen Dank, Mrs Rodman, aber wir müssen gleich noch weiter.«

»Schade. Dolores' Hühnchen sind unschlagbar.« Deborah lachte und stellte die Windröschen vom Esstisch hinüber auf die Anrichte, wo allerdings auch schon Vasen mit Amaryllis und Gerbera standen. »Setzt euch doch. Was führt euch zu uns? Habt ihr etwas herausgefunden? Macht Lionell Probleme?«

Justus zögerte und warf einen kurzen Blick auf Benjamin, den Deborah richtig deutete. »Ah, keine Sorge«, sagte sie. »Ben weiß Bescheid, dass ich euch engagiert habe.«

»Bin im Bilde.« Benjamin, an dessen Polohemd Bob wieder die goldene Kompassnadel bemerkte, hob den Daumen.

Der Erste Detektiv nickte. »In Ordnung. Zunächst darf ich Ihnen mitteilen, Mrs Rodman, dass Ihre Intervention bei Commissioner Prescott Erfolg hatte.« Er lächelte andeutungsvoll, behielt sein Wissen um die Beziehung zwischen Deborah und Lionell Prescott jedoch für sich. »Wir haben alle Informationen erhalten und arbeiten nun offiziell an dem Fall mit.«

»Schön.« Deborah lächelte zurück und Justus entnahm ihrem Blick, dass sie ihn auch so verstanden hatte.

Während Dolores, die mexikanische Köchin der Rodmans, den Tisch deckte, fuhr der Erste Detektiv fort und berichtete, was sie bisher unternommen hatten. Dabei kam auch zur Sprache, dass die Polizei sich Gedanken um Benjamin machte, wie er sich vorsichtig ausdrückte.

»Das hast du nett gesagt.« Deborah zeigte mit einer Serviette, die sie gerade faltete, auf Justus. »Aber das ist auch ein Grund, wieso ich euch engagiert habe. Lionells Leute sind einfach unfähig!«

»Mum.« Benjamin legte seiner Mutter beschwichtigend die Hand auf den Arm.

»Ist doch wahr! Valery, Josh, du und dieser Tim. Das sind ihre Verdächtigen. Das ist doch ein Witz!«

»In dem Zusammenhang hätten wir eine Frage«, ergriff Bob das Wort. »Fällt Ihnen, Mrs Rodman, oder dir, Ben, irgendjemand aus Rocky Beach und Umgebung ein, den man noch mit Geocaching, mit Koordinaten, Navigation und so weiter in Verbindung bringen könnte? Skull muss damit etwas zu tun haben. Oder er möchte den Anschein erwecken, dass dem so ist.«

Sowohl Deborah als auch Benjamin zuckten die Achseln. »Es gibt sicher jede Menge Cacher in der Gegend, die nicht bei uns im Verein sind«, sagte Benjamin. »Einige kenne ich auch, aber ob einer von denen Skull sein könnte? Keine Ahnung.«

»Und fast jeder hat doch heutzutage ein Navigationsgerät und kann mit Koordinaten umgehen«, ergänzte Deborah. »Vielleicht sollte man eher mal bei der Sache mit dem Piratenspleen ansetzen. Kann doch sein, dass dieser Skull jemand ist, der in seiner Freizeit gerne Pirat spielt.«

»Da gibt es auch jede Menge Vereine, die wir durchleuchten könnten«, sagte Peter. »Rollenspieler, Geschichtsfreaks, Hobbyfreibeuter. Vielleicht ist unser Mann bisher auch nur online auf Kaperfahrt gegangen und wir spüren ihn in irgendeinem Internetforum auf?«

Justus überlegte einen Moment. »Apropos Spleen«, sagte er schließlich. »Kennen Sie irgendjemanden, der einen besonderen Bezug zur Zahl Fünf hat?«

Wieder zuckte Benjamin mit den Schultern. Und auch Deborah schüttelte den Kopf. So heftig, dass ihr Parfüm bis zu den drei Jungen wehte. Der Erste Detektiv hatte den Eindruck, dass sie den Bruchteil einer Sekunde gezögert hatte.

Ihr letzter Besuch für diesen Tag führte die drei ??? zu Valery. Bei ihr hatte Justus nicht angerufen, doch er ging davon aus, dass sie nichts gegen ein paar Fragen einzuwenden hätte.
»Und wenn sie nicht zu Hause ist?«, fragte Peter, als Bob die Ausfahrt der Rodmans passierte.
»Es ist fast acht Uhr. Sie hat sicher längst Feierabend«, entgegnete Justus.
»Was aber nicht heißen muss, dass sie allein in ihrem Kämmerchen sitzt und sehnsüchtig darauf wartet, dass du sie besuchst.« Bob grinste seinen Freund von der Seite an.
»Das habe ich auch nicht behauptet.«
»Aber die Vorstellung wäre toll, oder?«
»Pass lieber auf, wo du hinfährst. Da vorne musst du rechts.«
Bob sagte »Aye, aye!« und setzte den Blinker, Peter schmunzelte und Justus legte seine Stirn in Donnerfalten.
Den Rest der Fahrt schwieg der Erste Detektiv. Doch kurz bevor sie bei Valery ankamen, räusperte er sich, sagte »Ähm« und räusperte sich nochmals.
»Ah, Kollegen, ich hätte eine Bitte.«
»Nämlich?«, fragte Peter gedehnt.
»Es ist besser, wenn wir diese Ermittlung … getrennt angehen. Nur für alle Fälle. Also, wenn ihr die Umgebung sondiert, während ich … mit Valery spreche, dann gehen wir sicher, dass uns niemand eine unliebsame Überraschung bereitet.«
Peter und Bob sahen sich im Rückspiegel an und nickten wissend.

»Heißt im Klartext, du willst mit Valery allein sein und sie soll nicht den Eindruck haben, dass du nur im Rudel auftrittst.« Der Zweite Detektiv tippte Justus auf die Schulter. »Stimmt's oder habe ich Recht?«

»N-nein, ich denke, dass wir ... in diesem speziellen ...«

»Natürlich. Massenhaft Piraten vor ihrem Haus und so«, sagte Bob ernst. »Aber keine Sorge, Erster, wir geben dir Rückendeckung.«

Justus sagte nichts mehr. Jedes Wort hätte die Sache nur noch schlimmer gemacht.

Valery Flockhart wohnte in einem schmucken Häuschen am Rande eines kleinen Kiefernwäldchens. Eine niedrige Kalksteinmauer trennte das Grundstück von der Straße. In einem der unteren Zimmer brannte Licht.

»Ich ... ich geh dann mal«, sagte Justus zögerlich und löste den Sicherheitsgurt. »Es wird sicher nicht lange dauern.«

»Lass dir ruhig Zeit, Erster.« Peter hörte sich an wie ein gemütlicher Großvater.

»Wir halten hier die Stellung!« Bob zwinkerte zuversichtlich.

»Okay ... dann bis gleich.« Justus machte, dass er aus dem Auto kam. Noch mehr Verständnis ertrug er einfach nicht.

Die Mauer hatte ein Gartentor mit Briefkasten, aber eine Klingel gab es dort nicht. Justus musste zum Haus. Der Weg dorthin verlief auf einem gepflasterten Pfad, der sich an einigen Bäumen vorbeischlängelte. Rechts von Justus rauschten die Wipfel der Kiefern sachte im Abendwind und auch ein Plätschern war zu hören. Offenbar floss irgendwo ein Bach.

Der Erste Detektiv spürte, wie es in seinem Bauch zu krib-

beln begann. Und in seinem Genick. Außerdem war ihm auf einmal so warm. Seine Hände waren feucht. Je näher er dem Haus kam, umso mehr. Er überlegte, was er sagen sollte. Und wie er es sagen sollte. Und wie er dabei schauen wollte. Er versuchte ein halbseitiges Lächeln. Nein, das war es nicht. Sollte er sich an die Wand neben der Tür lehnen? Die Arme verschränkt? Das sah vielleicht ein bisschen –
Plötzlich hörte er ein Geräusch! Justus blieb unbeweglich stehen. Ein Wimmern! So, als hätte jemand Schmerzen! Es kam von rechts, von den Bäumen.
Der Erste Detektiv verließ den Pfad und ging langsam auf den kleinen Wald zu. Für einen Moment dachte er daran, Peter und Bob Bescheid zu sagen. Aber vielleicht hatte er sich ja geirrt? Oder es war ein Tier? Und wenn es Valery war? Und er kam, um ihr zu helfen? Justus ging weiter.
Das Wimmern wurde lauter. Immer noch konnte er nicht sagen, wer oder was da wimmerte. Das Dunkel der Bäume verschluckte ihn. Die Straßenbeleuchtung reichte kaum noch bis hierher. Der Bach musste jetzt ganz in der Nähe sein, so laut, wie er gurgelte.
»Hallo?«, rief Justus leise. »Ist da wer? Valery?«
»Hier!« Ein Flüstern! Schwach und kraftlos! Valery!
Justus bückte sich unter einem Ast hindurch. »Ich bin hier! Ich komme!«
Plötzlich knackte hinter ihm ein Zweig! Der Erste Detektiv fuhr herum, aber da packte ihn von hinten eine Hand, legte sich um seinen Mund und zog ihn brutal zurück, bis er mit dem Rücken gegen einen Baumstamm prallte.

Peter setzte sich auf die Mauer und ließ die Beine baumeln. »Das letzte Mal, dass ich ihn so gesehen habe, war bei Brittany.«

Bob nickte. »Es hat ihn echt erwischt.« Er steckte die Hände in die Taschen und sog die würzige Abendluft ein. »Hoffen wir mal, dass die Sache nicht so endet wie damals.«

»Der Arme, ja. Das hat ihn ziemlich mitgenommen. Aber Valery schmeißt sich wenigstens nicht so an ihn ran wie seinerzeit Brittany.«

Bob machte eine abwägende Geste. »Das kann gut sein, weil sie ihn nicht ausnützen will, aber auch schlecht, weil sie vielleicht gar nichts von ihm will.«

Peter seufzte. »Warten wir's ab. Vielleicht sind wir jetzt gleich schon ein bisschen —«

Abrupt brach er ab. Ein dumpfes Stöhnen war zu hören, auf das ein lautes Platschen folgte! Und dann zerriss der Schrei einer Frau in Todesangst die Luft!

Spheksophobie

»Verdammt! Was ist da los? Kam das aus dem Haus?« Peter sprang von der Mauer und rannte los.

»Ich weiß es nicht. Ja. Vielleicht. Just?«, schrie Bob und folgte seinem Freund. »Just? Wo bist du?«

»War das Valery?«, rief Peter und rannte auf das Grundstück.

»Kann sein. Wahrscheinlich. Just?«

Wieder schrie die Frau. Kurze spitze Schreie. Der Erste Detektiv gab keine Antwort.

»Das kam vom Haus. Eindeutig. Ich übernehme Valery, du kümmerst dich um Justus!« Peter zeigte Richtung Wald und sprintete zum Haus.

»Okay!« Bob wandte sich nach rechts. »Just? Wo bist du? Just?«

Der dritte Detektiv hastete in das Wäldchen. Hier war es so dunkel, dass er kaum etwas erkennen konnte. Schwarze Stämme, schemenhafte Zweige, die ihm ins Gesicht schlugen. Irgendwo rauschte ein Bach.

»Just! Sag doch was! Justus!«

»Hier, ich bin hier!«, antwortete eine kraftlose Stimme. »Hier drüben.«

»Warte! Ich komme!« Bob erreichte eine schmale Schneise, in der der Bach durch den Wald floss. Fahles Mondlicht sickerte durch die Bäume und tanzte in der unruhigen Strömung.

»Hier. Links.«

Der dritte Detektiv drehte sich nach links und entdeckte seinen Freund. Wie ein großer Felsbrocken saß Justus mitten im Bach und hielt sich den Kopf.

»Erster? Was machst du denn? Alles klar? Bist du verletzt?« Bob lief zu ihm.

»Au. Zum Teufel. Valery! Wir müssen zu Valery!«

Bob stieg in den knapp knietiefen Bach. »Kannst du aufstehen und laufen?«

»Ja, ich denke schon.« Justus ergriff Bobs Hand. »Valery. Sie hat geschrien!«

»Peter kümmert sich darum.« Bob zog seinen Freund auf die Beine. »Komm raus hier.«

»Ja. Ja«, ächzte Justus und wankte zum Ufer.

»Was ist denn passiert?« Bob warf einen prüfenden Blick auf Justus. Bis zum Bauch war er klatschnass. Und über die Schläfe zog sich ein feiner, dunkler Faden. Blut.

»Ein Kerl ... Ich weiß nicht ... Wir müssen zu Valery.« Justus deutete vage in Richtung Haus und taumelte los.

»Kannst du laufen? Soll ich nicht besser Hilfe holen?«

»Nein, nein. Es geht schon. Los, los!« Justus zog Bob mit sich.

Als sich Bob und Justus endlich durch das Wäldchen bis zum Haus durchgekämpft hatten, fanden sie die Haustür weit offen stehen. Von Peter oder Valery war weit und breit nichts zu sehen.

»Peter?«, rief Bob.

»Bin hier!«, antwortete der Zweite Detektiv und erschien kurz darauf an der Tür. In der Hand hielt er ein Wasserglas, über das er ein Blatt Papier gelegt hatte. »Just? Was ist passiert?«, fragte er besorgt, während er das Blatt wegnahm und das Glas ausschüttelte.

»Erzähle ich euch gleich.« Justus hörte sich immer noch reichlich mitgenommen an. »Was ist mit Valery? Geht es ihr gut?«

»Alles klar so weit, ja. Kommt rein.«

»Was war denn?«, wollte Bob wissen. »Und was machst du da?« Er deutete auf das Glas.

Peter winkte sie ins Haus. »Lasst uns drinnen reden.«

Als die drei ??? die Küche betraten, stand Valery an der Spüle und trank ein Glas Wasser. Links von ihr saß ein wunderschöner Beo auf einer Papageienstange und pfiff leise vor sich hin. Valery drehte sich um und lächelte tapfer. Aber bei Justus' Anblick verwandelte sich ihr Gesicht sofort in eine sorgenvolle Miene. »O mein Gott! Was ist denn mit dir passiert, Justus?«

Der Erste Detektiv brachte keinen Ton heraus. Er konnte nur den Mund öffnen, was ihn nicht sonderlich geistreich aussehen ließ. Wie ein Fisch auf dem Trockenen. Valerys Anblick hatte ihn einfach überwältigt. Zum ersten Mal sah er sie mit offenen Haaren. Eine lange, weiche, wallende Mähne, die im warmen Küchenlicht schimmerte wie Kastanien in der Sonne. Dazu ihre erschöpften, zarten Gesichtszüge, die immer noch erschrockenen Augen, die blassen Lippen – Justus war wie verzaubert.

»Ich habe ihn im Bach gefunden«, sagte Bob. »Irgendjemand hat ihn da wohl reingeworfen. Aber mehr weiß ich auch noch nicht. Und was ist mit dir? Geht es dir gut?«

Valery lächelte verlegen. »Ja, danke. Es ist nichts, es ist einfach nur«, sie stockte, »ich habe ... furchtbare Angst vor Wespen. Und als ich vorhin am Küchentisch saß und aß, brummten auf einmal drei Stück um mich herum und da bin ich ausgeflippt.«

Bob sah Peter an. »Das war im Glas. Wespen.«

Peter nickte. »Ich habe sie mittlerweile eingefangen und rausgebracht, ja.«

Justus murmelte etwas Unverständliches und der Beo pfiff einen bekannten Werbe-Jingle: Freddy Frosters Frühstücksflocken.

»Bitte?«, meinte Bob zu Justus.

»Spheksophobie«, wiederholte der Erste Detektiv. Immer noch wirkte er sehr abwesend.

Alle drei sahen ihn erstaunt an.

»Spheksophobie. Die Angst vor Wespen.«

Peter nickte sehr langsam. »Ah ja. Gut zu wissen.« Er warf Bob einen unauffälligen Blick zu. Ist mit Just auch wirklich alles in Ordnung?, stand darin zu lesen.

Bob zuckte mit den Schultern. »Just, was war denn jetzt? Erzähl schon!«

»Und setz dich!«, forderte ihn Valery auf. »Ich suche dir inzwischen was zum Anziehen. Du bist ja tropfnass. Willst du einen Tee?«

Justus schüttelte langsam den Kopf. Dann nickte er. Valery zögerte einen Moment, setzte dann aber Wasser auf. Dann verließ sie die Küche.

»Erinnert euch an unseren Fall Insektenstachel. Mrs Hazelwood litt an Insectophobie.« Der Erste Detektiv kam langsam zu sich.

»Ja, Just, ich erinnere mich«, erwiderte Bob. »Aber was war denn jetzt da draußen los? Heute?«

Justus kniff die Augen zusammen und straffte sich. »Auf einmal war dieser Kerl hinter mir. Aber ich habe keine Ahnung, wer es war. Er hat mich von hinten gepackt, mir den Mund zugehalten und mich gegen einen Baum gedrückt. Dann drohte er mir, wenn ich mich nicht raushalten würde, würde es mir schlecht ergehen. Ich konnte ›Wo raushalten?‹ hervorquetschen, aber er meinte nur, das wüsste ich. Dann hat er mich in den Bach geworfen und ich habe mir irgendwo den Kopf gestoßen.«

»Skull!« Peter verschränkte die Arme. »Dieser Mistkerl. Das kann nur er gewesen sein. Wir müssen ihn mit irgendetwas aufgeschreckt haben.«

»Aber wir haben doch noch gar nichts getan«, wandte Bob ein.

»Wir waren bei Tillerman«, widersprach Peter. »Das muss es sein.«

Valery kam mit einem Arm voller Kleidung zurück. »Hier, Justus. Ich wusste nicht, was dir passt. Such dir was aus. Das Bad ist hinten rechts. Nimm dir ein Handtuch.«

Der Erste Detektiv brachte ein Danke hervor, nahm den Stapel Kleider und ging ins Bad. Während er sich abtrocknete und umzog, erzählten Peter und Bob Valery, was Justus widerfahren war, und Bob erfuhr Genaueres über Valerys Probleme mit Wespen.

»Und ihr denkt wirklich, es war dieser Skull? Hoffentlich ist er nicht der Grund, warum Josh nicht gekommen ist. Er wollte eigentlich heute Abend vorbeikommen.«

»Josh Reilly wollte vorbeikommen?« Justus stand in der Tür. Gelbes Smiley-Sweatshirt, knallrote Jogginghose, lila Flipflops. Und ein Gesicht voller Enttäuschung.

»Ja.« Valery drehte sich um. Eine Frage lag in ihrem Blick. »Das fällt mir jetzt erst auf: Wieso seid ihr eigentlich hier?«

Bob und Peter sahen Justus an, aber der war im Augenblick nicht in der Lage, irgendetwas zu erklären. Also erläuterten sie Valery den Grund für ihren Besuch.

»Ihr seid Detektive? Und arbeitet für Mrs Rodman?«, wiederholte sie erstaunt. »Alle Achtung! Und ihr seid zu mir gekommen, weil mich die Polizei als Verdächtige führt und ihr euch selbst ein Bild von mir machen wolltet? Habe ich das richtig verstanden?« Sie lächelte herausfordernd.

»Nein, so habe ich das nicht gemeint«, verteidigte sich Bob. »Und von verdächtig kann gar keine Rede sein. Wir wollten dich nur fragen, ob dir irgendetwas zu dem Fall einfällt.«

Valery lächelte immer noch. »Weil ich kein Alibi habe?«

»Nein, nein, nur so«, sagte Peter und merkte sofort, wie merkwürdig sich das anhörte.

»Nur so. Aha.« Sie machte ein ernstes Gesicht. »Na ja. Ich liebe Kunst, kann mit Koordinaten umgehen, bin nicht dämlich ... Wer weiß, vielleicht bin ich in meinem zweiten Leben ein gerissener Kunstdieb, der die Polizei zum Besten hält?«

Peters Lächeln war sehr bemüht. »Tja, also ... dann fällt dir dazu nichts ein, was uns weiterhelfen könnte?«

Valery zwinkerte ihm verschmitzt zu. »Ich sage nichts mehr ohne meinen Anwalt.«

Einige Minuten später saßen die drei ??? wieder in Bobs Kä-

fer. Aber der dritte Detektiv fuhr noch nicht los. »Irgendwie bin ich verwirrt.«
»Geht mir ähnlich«, stimmte Peter zu. »Lasst uns nach Hause fahren. Morgen ist auch noch ein Tag.«
»Gleich«, sagte Justus mit finsterer Miene. »Erst möchte ich diesem Reilly noch einen Besuch abstatten.«
»Jetzt noch?«, beschwerte sich Peter.
»Jetzt noch.«
Peter und Bob fügten sich Justus' Wunsch, ohne recht zu wissen, was er sich davon versprach. Der Erste Detektiv äußerte sich nicht weiter und so waren Peter und Bob genauso gespannt, was Justus wollte, wie Josh Reilly, als er zwanzig Minuten später die Tür seiner Wohnung öffnete.
»Ihr?« Er rieb sich verschlafen die Augen und gähnte. »Was wollt ihr denn hier?«
»Wir würden gerne wissen, wo du heute Abend warst«, sagte Justus ohne Umschweife und nicht sonderlich freundlich.
»Ihr wollt was? Ich bin früh zu Bett gegangen, weil ich morgen einen anstrengenden Tag …« Verwundert hielt er inne. »Was ist denn das überhaupt für eine Frage?«, wurde ihm auf einmal bewusst. »Wie kommt ihr drei dazu, mich mitten in der Nacht – oh, Mist!« Er fing an zu blinzeln und griff sich ans Auge. »Jetzt ist mir auch noch meine Kontaktlinse verrutscht! Das ist eure Schuld! Macht, dass ihr verschwindet!« Sprach's und schlug den drei ??? die Tür vor der Nase zu.
Peter schaute Justus verdutzt an. »Und was bringt uns das jetzt?«
Zu seiner Überraschung antwortete Bob: »Zumindest wissen wir jetzt, dass Josh Reilly lügt.«

Der Tod des Aktaion

Justus war froh, den Frühstückstisch endlich verlassen zu können. Oder vielmehr das Haus. Im Gegensatz zu Tante Mathilda fand er den Geruch der Gardenien einfach nur betäubend. Er konnte überhaupt nicht nachvollziehen, wie Tante Mathilda dereinst mit dem Haar voller Gardenien ihre Hochzeit hatte überstehen können. Er wäre bewusstlos geworden. Aber zumindest hatte Onkel Titus mit seinem Riesenstrauß den Haussegen wieder gerade gerückt. So halbwegs zumindest.

Der Erste Detektiv stellte sein Geschirr in die Spüle und ging hinüber in die Zentrale. Kurz darauf trafen Peter und Bob ein und die Besprechung konnte beginnen.

»Also, ich fasse kurz die gestrigen Ergebnisse zusammen«, sagte Justus, während Peter sich Muffinkrümel vom T-Shirt pickte und Bob an seinem Kakao saugte. »Bedeutsam erscheint mir vor allem die Tatsache, dass Reilly nicht die Wahrheit gesagt hat.«

»Und das geht wirklich nicht?« Peter sah Bob an und steckte sich einen Krümel in den Mund.

»Mit Kontaktlinsen schlafen?« Der dritte Detektiv schüttelte den Kopf. »Ein kleines Nickerchen ist je nach Linsen noch möglich, aber kein Nachtschlaf. Das macht niemand.«

»Stellt sich die Frage, warum er gelogen hat«, fuhr Justus fort. »Zumal es für ihn überhaupt keine Notwendigkeit gab, uns anzulügen. Er hätte auch einfach —«

Das Telefon klingelte und der Erste Detektiv hob ab. »Hier Justus Jonas von den drei Detektiven.«

Peter und Bob sahen, wie Justus' Augen größer wurden. Schon nach wenigen Sekunden legte der Erste Detektiv wieder auf.

»Das war Cotta!«, sagte Justus voller Tatendrang und stand auf. »Skull hat wieder zugeschlagen!«

So schnell es die Geschwindigkeitsbegrenzungen erlaubten, steuerte Peter seinen MG durch den morgendlichen Stadtverkehr. Der Tatort lag ziemlich im Zentrum von Rocky Beach in der Nähe vom Palisades Park. Als sie vor dem ansehnlichen Stadthaus parkten, konnten sie zwei Einsatzfahrzeuge und den Wagen der Spurensicherung ausmachen.

»Sieht nicht so aus, als hätten sie das erste Rätsel schon geknackt«, sagte Bob, während sie zum Eingang hasteten.

Der pummelige Polizist an der Tür maß sie mit einem skeptischen Blick. »Ihr seid diese drei Fragezeichen?«

Justus nickte.

»Erster Stock, die Wohnung rechts. Cotta erwartet euch.«

Er deutete die Treppe hinauf und konnte sich ein arrogantes Lächeln nicht verkneifen.

Die drei ??? fanden Cotta und seine Leute in der Bibliothek der Wohnung. Die Spurensicherung war am kaputten Fenster zugange und Cotta saß mit zwei Kollegen, darunter Inspektor Donatelli, den die drei Jungen aus früheren Fällen kannten, und einem älteren Ehepaar am großen Glastisch in der Mitte des Raumes. Vor ihnen lag ein Bogen Papier und daneben eine kleine Digitaluhr.

Cotta blickte auf. »Hallo, Jungs. Inspektor Donatelli kennt ihr ja schon. Das ist Sergeant Morales. Mr und Mrs Arvidson.« Er

zeigte nacheinander auf seine Kollegen und auf das Ehepaar. Die beiden Polizisten grüßten kurz, die Eheleute lächelten den Jungen verunsichert zu. »Wir haben noch«, Cotta sah auf die Uhr, »drei Stunden und zwanzig Minuten. Und keine Ahnung, was das hier soll.« Er tippte auf das Papier.
»Bis wann haben wir genau Zeit?«, fragte Bob.
»Bis 13.55 Uhr.«
Die drei ??? warfen sich einen vielsagenden Blick zu.
»Was wurde gestohlen?«, erkundigte sich Peter.
»Eine kleine Bronzeskulptur«, informierte ihn Cotta und sah Mr Arvidson an.
»Der Tod des Aktaion«, sagte der Mann langsam und mit leiser Stimme. Er schien immer noch sichtlich mitgenommen von dem Einbruch. »Es handelt sich bei Aktaion –«
»Um den Enkel des Apollo, der Diana beim Baden zusah, deswegen in einen Hirsch verwandelt wurde und dann von seinen eigenen Hunden zerrissen wurde«, vervollständigte Justus und beugte sich über das Rätsel.
»Äh, ja, richtig«, sagte Mr Arvidson erstaunt und auch Cottas Kollegen blickten verwundert auf.
»Ist die Skulptur wertvoll?«, wollte Peter wissen.
»Wir haben sie später nie mehr schätzen lassen«, erwiderte Mrs Arvidson noch ein bisschen leiser als ihr Mann. »Aber auf der Auktion haben wir zwanzigtausend Dollar dafür gezahlt.«
Der Zweite Detektiv pfiff leise durch die Zähne.
»Lies vor, Erster!«, forderte Bob seinen Freund auf.
Justus sah Cotta an. »Darf ich?« Der Inspektor nickte und Justus drehte das Papier zu sich. »Hört zu:

*Der Fuß ist keine große Stütze
auf eines deutschen Zuges Spitze,
wo findet sich des Teufels Zahl
inmitten ihrer heil'gen Qual.«*

»Na super!« Peter verdrehte die Augen. »Müssen wir jetzt alle Lokomotiven in Deutschland durchgehen?«
Justus las das Gedicht noch einmal durch, überlegte kurz und schaute Cotta dann überrascht an. »Das ist es? Das ist diesmal das ganze Rätsel?«
»Ja. Warum?« Cotta zuckte mit den Schultern.
»Weil das kaum mit den Rätseln zu vergleichen ist, die Skull bisher hinterlassen hat. Die Lösung liegt doch auf der Hand.«
»Ach, tut sie das?« Morales verzog verächtlich das Gesicht.
»666 ist die Zahl des Teufels«, sagte Bob nachdenklich. »Das hatten wir schon einmal bei den Zwillingen der Finsternis.«
»Was auf 118 Grad und 36,663 Minuten westlicher Länge schließen lässt«, ergänzte Justus. »Und zum 34. Breitengrad —«
»Halt!« Cotta machte das Stopp-Zeichen. »Auszeit. Wie … wie kommst du denn darauf?«
»Das ist doch ganz einfach.« Justus schien aufrichtig erstaunt. »Skull gibt in seinen Rätseln nie Längen- und Breitengrade an, weil sie sich auf Grund unserer Lage gewissermaßen von selbst verstehen. 118 Grad westliche Länge und 34 Grad nördliche Breite. Das steht in Ihren Aufzeichnungen.«
Die drei Polizisten nickten. Auch Peter und Bob hörten gespannt zu, weil sie sich ebenfalls nicht erklären konnten, wie Justus so schnell auf die Lösung gekommen war.

»Das liegt aber auch daran, dass die Verstecke bisher alle in einem vergleichsweise engen Radius rund um Rocky Beach lagen. In Ihren Aufzeichnungen steht nun ebenfalls, dass aus dem gleichen Grund die Minuten nur zwischen ungefähr 17 und 50 bei der Länge und 2 und 11 bei der Breite, hier begrenzt uns ja das Meer nach Süden, variieren können. Die ersten beiden Zeilen verweisen aber wohl nicht auf eine Lokomotive, sondern auf den höchsten Berg Deutschlands, die Zugspitze, die 9718 Fuß hoch ist. Aber wir müssen von Metern ausgehen, nicht von Fuß. Das sagt uns der erste Vers. Und die Meter können nur unsere Minuten für die Breite sein. 3 Komma soundso.«

»Das Ding heißt wirklich Zugspitze?«, wunderte sich Morales.

»Oder 30,00«, wandte Bob ein. »Dann wäre es die Länge.«

Justus schüttelte den Kopf. »Unwahrscheinlich. Dann hätten wir nicht genügend Nachkommastellen. Und als heilige Zahl kommt in unserer abendländisch-christlichen Kultur vor allem die Drei in Frage.«

»Die 666 inmitten der Drei ergibt 36,663«, verstand Bob, während Peter nur noch ratlos dreinschaute. Ihm schwirrte längst der Kopf vor lauter Zahlen.

»Genau.« Der Erste Detektiv sah sich um. »Wir bräuchten einen Computer mit Internetverbindung.«

»Ich habe ein Smartphone dabei«, sagte Donatelli.

»Sehr gut. Geben Sie bitte ›Zugspitze‹ und ›Höhe‹ in die Suchmaschine ein!«

»2962 Meter«, las Donatelli nach ein paar Sekunden von seinem Display ab.

»34 Grad, 2,962 Minuten nördliche Breite«, schrieb Bob auf. »Und 118 Grad, 36,663 Minuten westliche Länge. Das sind unsere Koordinaten.«

Cotta lächelte. »Es war wohl doch keine schlechte Idee, euch ins Boot zu holen. Los geht's. Vielleicht schnappen wir ihn diesmal!«

Es zeigte sich, dass das Versteck keine drei Kilometer von Rocky Beach entfernt war. Es musste im Tuna Canyon Park nördlich vom Budwood Mountainway liegen. Eigentlich direkt an der Straße, wie Bob mit einem Blick auf ihr neues Treasure X 35 feststellte, als sie draußen in Peters MG stiegen.

Der Budwood Mountainway war allerdings weniger eine Straße als ein besserer Feldweg. Daher brauchten sie auch fünfzehn Minuten, bis sie endlich nah genug an ihrem Ziel waren, um die letzten Meter zu Fuß bewältigen zu können.

»Da lang!«, rief Cotta nach einem Blick auf sein GPS-Gerät.

Sie schlugen sich in das dichte Gestrüpp aus Kreuzdornbüschen und Schlangenholzsträuchern, die hier überall wuchsen. Doch bereits nach wenigen Metern sahen sie den Cache. Ein Stoffbeutel, der am Zweig eines Eisenholzbaumes hing. Cotta nahm ihn ab und öffnete ihn. Die anderen stellten sich um ihn und warteten gespannt, was auf dem Zettel stand.

»Hört zu: *Das große Beben konnte Pi nichts anhaben.*«

»Das große Beben!«, rief Bob aufgeregt. »So nennt man doch das Erdbeben, das San Francisco damals in Schutt und Asche legte! Wann war das gleich noch mal? 1907, nein 1906!«

»18. April 1906«, sagte Justus gedankenvoll.

»Und Pi? Kennt jemand einen Pi?« Peter sah in ratlose Polizistengesichter.

»Die Kreiszahl. 3,141 und noch jede Menge weiterer Zahlen nach dem Komma. Aber uns reicht die 3,141.« Der Erste Detektiv wirkte seltsam unbeteiligt.

»Aber das ist es dann doch!« Cotta zückte seinen Block. »3,141 Minuten für die Breite und ... ähm ... für die Länge sind das ...«

»18,406«, sagte Justus. »Wenn wir bei der Jahreszahl die 19 vernachlässigen, was ja durchaus üblich ist. 18. 4. 06.«

»Dann haben wir es!«, freute sich Cotta. »Toll, Just!«

Der Erste Detektiv verzog keine Miene. »Das war einfach«, murmelte er für sich. »Sehr einfach.«

Und auch das dritte und letzte Rätsel, das sie in einem Erdloch gefunden hatten, bereitete Justus keine allzu großen Probleme. Doch zu seiner Überraschung deuteten Cotta und seine Kollegen das Rätsel diesmal anders. Cotta setzte nach Justus' Meinung einfach das Komma falsch und bekam so ein Ergebnis für die Längenminuten, während er auf 2,589 Breitenminuten kam.

»Das wäre ja mitten in Rocky Beach«, sagte Morales, nachdem er das Ziel in sein GPS-Gerät eingeben hatte.

»Ja, warum nicht?«, verteidigte Peter Justus.

»Ich sehe das auch so wie du, Jack.« Donatelli nickte.

»Tja.« Cotta kniff die Lippen zusammen. »Was machen wir?« Er sah auf die Uhr. »Unsere Ziele liegen zu weit auseinander. Wir können nicht erst hier- und dann dorthin fahren.«

»Dann trennen wir uns«, beschloss Justus, der seinen Unmut nur schwer verbergen konnte. Die Sache war doch glasklar.

»In Ordnung«, stimmte ihm Cotta zu. »Wir bleiben über Handy in Kontakt. Aber macht keinen Unsinn, Jungs! Falls ihr doch richtigliegen solltet, was ich nicht glaube, dann nur beobachten! Unternehmt nichts! Klar?«
Die drei ??? nickten.
»Ich meine das ernst!«, betonte Cotta.
»Wir finden doch ohnehin nichts, oder?«
Cotta zeigte auf Justus. »Keinen Blödsinn!« Dann machten sich die Polizisten auf den Weg.
Bob sah ihnen missmutig hinterher. »Wenigstens hat er uns diesmal ermahnt.«
Justus blickte noch finsterer drein. »Das gefällt mir alles nicht. Überhaupt nicht.«
»Was meinst du, Erster?«, wunderte sich Peter. »Das klappt doch prima. Und Cotta ist sicher auf dem Holzweg.«
»Eben und eben«, antwortete Justus rätselhaft. »Kommt mit, Kollegen. Wir müssen noch etwas aus der Zentrale holen.«

Eine unglaubliche Entdeckung

Keine dreißig Minuten später hatten sie den letzten Cache entdeckt. Der Erste Detektiv steckte das Treasure X 35 in seine Tasche und holte die Metallkiste aus dem Regal. Sie war nicht verschlossen.

»Du hattest tatsächlich Recht!«, flüsterte Peter, als er die Skulptur in der Kiste sah. »Das ist das gute Stück, dieser Aktium.«

»Aktaion.« Der Erste Detektiv begutachtete das etwa dreißig Zentimeter hohe und ebenso breite Kunstwerk: ein Hirsch, in dessen Kehle und Vorderlauf sich drei Windhunde verbissen hatten.

»Wir sollten uns beeilen«, mahnte Bob. »Bring den Sender an, Erster, und dann nichts wie raus hier.«

Peter sah sich beklommen um. Er konnte regelrecht fühlen, wie sich ein Paar Augen in seinen Rücken bohrte. »Und ihr denkt wirklich, dass der Kerl irgendwo da draußen sitzt und uns beobachtet?«

Justus fand eine Stelle auf der Unterseite des Sockels und befestigte den Sender mit einem Klebepad. »Alles andere würde mich doch sehr wundern. Er will sicher wissen, ob es die Polizei diesmal schafft. Aber da er nicht mitbekommt, was wir hier drin tun, hält er uns womöglich nur für drei Halbstarke, die sich in diesem Schuppen umsehen.«

»Dein Wort in Gottes Ohr. Wer weiß, wozu der Kerl fähig ist, wenn wir ihm hier die Tour vermasseln.«

Der Erste Detektiv schaltete den Empfänger ein. Sofort begann das rote Licht in der Mitte des Displays hektisch zu blinken. »Okay, sieht gut aus. Ziehen wir uns zurück.«

Einer nach dem anderen verließen die drei ??? den alten Schuppen und liefen über den Hinterhof der stillgelegten Holzverarbeitungsfirma. Justus interessierte sich scheinbar für ein verrostetes Freiluftregal, Bob hob eine alte Plane hoch und Peter fand ein Stück Holz ganz toll und nahm es mit. Für einen Beobachter sollte es so aussehen, als lungerten drei Jugendliche ohne klare Absicht in der Gegend herum. Insbesondere für *ihren* Beobachter. Schließlich stiegen sie in Peters MG, der auf der anderen Straßenseite parkte, und fuhren davon.

»Okay, jetzt können wir Cotta anrufen.« Der Zweite Detektiv bog an der nächsten Kreuzung sofort rechts ab.

Justus schüttelte den Kopf. »Noch nicht. Eine mögliche Observierung können wir auch allein bewerkstelligen.«

Peter bog gleich noch einmal rechts ab. »Komm schon, Just. Du musst jetzt keinen auf beleidigt machen, nur weil Cotta nicht deiner Meinung war.«

»Ich bin nicht beleidigt. Wir brauchen Cotta nicht, das ist alles.«

Peter seufzte. »Schon klar.« Ein drittes Mal fuhr er rechts, dann stellte er den MG am Straßenrand ab und machte den Motor aus.

Justus sah auf die Uhr. »Noch fünfundzwanzig Minuten, dann ist die Frist abgelaufen.« Er blickte auf den Empfänger in seiner Hand. Der rote Punkt blinkte gleichmäßig an Ort und Stelle.

Bob dachte noch einmal über die Rätsel nach. »Diesmal war

es wirklich nicht schwierig, die Verstecke zu finden. Und dass Cotta sich beim letzten so quergestellt hat, finde ich ebenfalls komisch.«

»Vielleicht ist er auch beleidigt«, überlegte Peter. »Schließlich hat ihm Just die Lösungen nur so um die Ohren gehauen. Und diese Hirschgeschichte auch.«

»Dann wäre er weniger beleidigt als vielmehr in seinem Stolz verletzt. Aber das sieht Cotta nicht ähnlich.«

Peter zuckte mit den Schultern. »Wer weiß«, sagte er salbungsvoll. »Der Mensch ist ein rätselhaftes Wesen.«

Justus und Bob sahen ihn irritiert von der Seite an.

Die Minuten tickten herunter. Im Auto wurde es immer wärmer, obwohl alle Fenster geöffnet waren. Justus starrte unbeirrt auf den Empfänger, Bob beobachtete die Straße und Peter probierte allerhand komische Geräusche aus.

»Zweiter! Mann, das ist ja ekelhaft!«, schimpfte Justus.

»Das war mein Mund!«

»Es ist trotzdem ekelhaft.«

Peter murrte und verlegte sich auf Schnalzgeräusche.

Endlich war es so weit!

»Es tut sich was!« Justus rutschte in seinem Sitz nach oben und deutete auf den Empfänger.

»Auf die Minute pünktlich«, stellte Bob fest.

»Fahr langsam um die Ecke, Zweiter! Jetzt gilt es! Wir dürfen ihn nicht aus den Augen verlieren.«

Peter startete den Motor, legte den ersten Gang ein und rollte an. »Ich bin vielleicht gespannt, was das für ein Typ ist. Er wird ja kaum in seinem Kostüm kommen, um den Hirsch abzuholen.«

Justus nickte grimmig. »Sicher nicht.«

An der Straßenecke hielt Peter mit laufendem Motor an. Die drei Jungen nahmen den Ausgang des Hinterhofes ins Visier und duckten sich so weit, dass von draußen nur noch ihre Haarspitzen zu sehen waren.

»Er muss jeden Moment rauskommen«, sagte Justus mit Blick auf sein Display.

»Da ist er!«, rief Bob.

Peter fiel vor Staunen der Unterkiefer herab. »Aber das ist ja ... ein Junge! Skull ist ein Junge!«

Ein Teenager war aus dem Hinterhof getreten! Schmächtig, Raver-Klamotten und unter dem rechten Arm trug er ein großes, in Packpapier eingewickeltes Etwas.

»Das ist nicht Skull«, erkannte Justus. »Das ist wieder nur ein Bote. Skull geht offenbar nie das Risiko ein, entdeckt zu werden, wenn die Frist verstrichen ist.«

»Ein Bote mit Roller.« Bob deutete auf das Fahrzeug, dem sich der Junge näherte. Ein blauer, schnittiger Motorroller. »Das wird nicht einfach.«

»Ach was!«, hielt Peter entschlossen dagegen. »Dieser Zwiebacksäge könnte ich ja sogar hinterher*laufen*!«

»Na dann mal los.« Der dritte Detektiv schien weniger zuversichtlich.

Bis zur zweiten Ampel ging alles gut. Der Raver beachtete alle Verkehrsregeln und hielt an jedem Rotlicht brav an. Den Peilsender hätten sie gar nicht gebraucht, weil der Roller nie außer Sichtweite geriet. Aber an der dritten Ampel ging alles schief. Sie zeigte schon Gelb, als der Bote darauf zufuhr. Er selbst kam gerade noch über die Kreuzung, aber Peter schaffte es nicht mehr, zumal eine Mutter mit Kinderwagen schon die Straße betreten hatte. Der Zweite Detektiv stieg hart in die Bremsen, während die Frau dem Roller wütend hinterherschimpfte.

»Mist!«, fluchte Peter.

»Keine Aufregung. Der Sender hat eine Reichweite von etwa zehn Blocks«, beruhigte ihn Justus.

Als die Ampel auf Grün sprang, war davon allerdings schon die Hälfte verbraucht.

»Gib Gas, Zweiter!« Bob sah mit auf das Display. »Nach zweihundert Metern rechts!«

»Okay.«

Aber nach zweihundert Metern rechts war genau das das Problem. Dort rechts führte ein mit Pollern abgetrennter Fußweg Richtung Meer.

»Der ist da runtergefahren! Das darf der nicht!«

»Fahr weiter, Peter!«, rief Justus. »Nach dem nächsten Block rechts. Beil dich!« Der rote Lichtpunkt erreichte langsam den Außenbereich des Displays.

Peter trat aufs Gas. »Sag dem doch einer, dass er das nicht darf!«

Und dann war Schluss. Die Ampel an der nächsten Abzweigung sprang genau dann wieder auf Rot, als Peter dort ankam. Zehn Sekunden später war das Signal außer Reichweite.

»Na super!«, stöhnte Justus und ließ den Empfänger sinken. »So viel zum Thema Zwiebacksäge.«

»Ich kann nichts dafür!«, verteidigte sich Peter.

»Habe ich auch nicht gesagt.«

Bob schüttelte frustriert den Kopf. »Wir sind solche Spezialisten.«

Die drei ??? fuhren noch eine Weile durch die Gegend. Vielleicht stießen sie ja zufällig wieder auf das Signal. Aber ihre Hoffnung schwand von Minute zu Minute. Der Roller oder das Signal tauchten nicht wieder auf. Und irgendwann ließ sich das Unvermeidbare nicht mehr aufschieben.

»Wer sagt's ihm?« Bob sah seine Freunde zerknirscht an.

»Ich muss fahren.« Peter schaute grimmig auf die Straße. Als er an einem Fußgängerüberweg anhalten musste, erschrak ein kleines Mädchen bei seinem Anblick so sehr, dass es sich ängstlich an seine Mutter drückte.

»Gib mir das Handy«, sagte Justus. »Ich mach das.«

Bob reichte ihm das Telefon nach vorn. Justus suchte nach Cottas eingespeicherter Nummer und drückte auf den grünen Hörer. Das Freizeichen ertönte und kurz darauf ging Cotta ran.

»Habt ihr ihn?«

»Inspektor, ich muss Ihnen leider —« Justus hielt abrupt inne. Das Signal! Es war wieder da! »... auf Wiederhören sagen!« Der Erste Detektiv legte auf. »Nach links, Peter, links! Wir haben ihn wieder!«

»Echt?«

»Ja doch! Fahr!«

Und das Signal bewegte sich nicht von der Stelle. Mit jedem Meter, den sie fuhren, näherte es sich der Mitte des Displays.

»Vielleicht hat er angehalten und genehmigt sich eine Pizza?«, unkte Peter.

»Oder das Objekt ist an seinem Bestimmungsort angekommen«, sagte Justus bedeutungsschwer.
»Bei Skull!«, verstand Bob.
»Bei Skull.«
Das Signal führte sie zu einem schlichten Bungalow in der Chesapeake Road. Weiße Holzfassade, gemähter Rasen, ein Walnussbaum vor der Veranda. In der Auffahrt stand ein alter Nissan. Aber kein Roller.
»Der Bote ist vielleicht schon wieder weg«, vermutete Bob, als sie langsam an dem Haus vorbeifuhren.
»Anzunehmen.« Justus deutete nach rechts. »Halt da vorne an, Zweiter. Dann werden wir mal eruieren, wer in diesem netten Häuschen wohnt.«
»Und wie erutieren wir das?« Peter fuhr rechts ran. »Was immer das heißt. Ich habe mein schlaues Büchlein gerade nicht zur Hand.«
»Eruieren. Ermitteln. Wir klingeln.«
Peter fiel aus allen Wolken. »Klingeln? Bei Captain Skull? Guten Tag, sind Sie der Meisterdieb?«
Doch Justus konnte ihn schnell davon überzeugen, dass sie nichts zu befürchten hätten. Sie würden Skull nur unter irgendeinem harmlosen Vorwand an die Tür holen, um zu erfahren, wer er war und wie er aussah.
»Und dann rufen wir die Kavallerie?«
»Ja, Peter, und die Nationalgarde.«
»Unbedingt!«
»Ich geh dann mal.« Justus stieg aus und überlegte, welche Ausrede er Skull präsentieren wollte, warum er geklingelt hatte. Eine Umfrage? Ein Dollarschein, den er angeblich in der Auf-

fahrt gefunden hatte? Eine Frage nach einem erfundenen Verwandten, der in der Straße wohnte? Umfrage, entschied Justus für sich.

Doch als er eben in die Auffahrt einbiegen wollte, öffnete sich plötzlich die Haustür und ein Mann kam heraus. Der Erste Detektiv lief geradeaus weiter, wagte aber einen kurzen Blick zur Seite. Und staunte nicht schlecht!

»Das ist dieser Journalist!«, stieß er hervor, als er wieder im MG saß. »Der von dem Wettbewerb berichtet hat! Er hat etwas aus seinem Wagen geholt, da habe ich ihn erkannt.«

»Wirklich?« Bob starrte seinen Freund an. »Und ich habe mich noch mit ihm unterhalten!« Der dritte Detektiv drehte sich zu dem Haus um, aber der Mann war schon wieder hineingegangen.

»Der hat sich nicht nur mit dir unterhalten«, erinnerte sich der Erste Detektiv, »sondern auch mit Josh Reilly. Sogar sehr angeregt, wenn ich mich recht entsinne!«

»Okay, Kavallerie!« Peter deutete mit Daumen und kleinem Finger ein Telefon an, das er ans Ohr hielt, und nickte Justus zu.

»Warte, vielleicht fällt mir der Name ein. Ich habe den Artikel über den Wettbewerb gelesen. Lampard ... Laughton, nein, Le... Le... Lexington! Todd Lexington! So heißt er!« Justus holte das Handy hervor.

»Moment noch, Erster, da tut sich wieder was!« Bob zeigte aus dem Rückfenster. »Da hält ein Wagen vor dem Haus.«

Justus und Peter drehten sich um. Aus einem schwarzen BMW stieg ein beleibter Mann um die fünfzig. Schwarz gefärbtes Haar, teurer Anzug, Sonnenbrille.

Der Zweite Detektiv kniff die Augen zusammen. »Das Kennzeichen lautet 5CLP555. Schreibt das einer auf!«

»Das kann ich mir merken«, sagte Justus. »Viermal die Fünf? Und es ist ein 5er-BMW, wenn ich mich nicht irre.«

Der Mann knöpfte sein Jackett zu und ging zum Haus. Auf dem Fußabtreter streifte er sich die Schuhe ab. Fünf Mal. Dann klopfte er an die Tür. Fünf Mal. Die Tür öffnete sich und der Unbekannte verschwand im Eingang.

Justus wandte sich um und ließ sich in den Sitz sinken. »Es sind zwei. Skull ist ein Team.«

Der Deal

Als die drei ??? am nächsten Morgen am Police Department eintrafen, war dort kaum noch ein Parkplatz zu finden. Überall standen Wagen mit »Presse«-Schildern hinter der Windschutzscheibe herum, zahllose Schaulustige hatten sich eingefunden, sogar zwei Fernsehsender aus Los Angeles waren da. Mühsam kämpften sie sich durch die Menschenmassen. Erst im Gebäude wurde es einfacher, obwohl auch hier einiges los war. Die Nachricht, dass die Polizei eine Pressekonferenz zur Ergreifung Captain Skulls gab, hatte sich verbreitet wie ein Lauffeuer.
Sie entdeckten Cotta am Ende des Flurs. In Anzug und Krawatte gekleidet winkte er sie zu sich.
»Hallo, Jungs. Setzt euch schon mal rein. In fünf Minuten geht's los.«
»Schick sehen Sie aus«, flachste Peter.
»Ich hasse Krawatten.«
»Wussten Sie«, sagte Justus, »dass die Krawatte im 17. Jahrhundert von einem kroatischen Reiterregiment bei einer Parade vor Versailles —«
»Komm, Just, wir gehen.« Peter schob seinen Freund in den Saal.
Fünf Minuten später schlossen sich die Türen und die Pressekonferenz begann. Cotta, zwei seiner Mitarbeiter und die drei ??? saßen auf einem kleinen Podium und Cotta erläuterte

zunächst die Geschehnisse der vergangenen vierundzwanzig Stunden, die zur Ergreifung Captain Skulls geführt hatten, hinter dem sich Todd Lexington, ein Journalist der Rocky Beach Today, verbarg. Lexington hatte bereits alles zugegeben. Er war tatsächlich der berüchtigte Captain Skull und offenbar stolz auf seine Taten. Cotta vergaß in diesem Zusammenhang nicht, die wichtige Rolle zu erwähnen, die die drei ??? bei alldem gespielt hatten.

»Ohne sie liefe Captain Skull immer noch frei herum!«, sagte Cotta und lächelte den drei Jungen zu. »Und jetzt sind Sie dran, meine Herrschaften!«

Ein Dutzend Arme schoss in die Höhe, Fotoapparate knipsten wie wild drauflos, Bob hatte auf einmal ein Mikrofon vor der Nase und Peter grinste schwammig in ein riesengroßes Kameraobjektiv.

Justus hingegen starrte wie versteinert zur Tür, durch die eben ein Mann getreten war. Beleibt, um die fünfzig, schwarz gefärbte Haare, Sonnenbrille. Skull Nummer zwei!

Lange bevor Lexington gestern am frühen Abend festgenommen worden war, hatte sich sein Komplize verabschiedet. Doch die drei hatten beschlossen, lieber bei Lexington zu bleiben, als den Fremden zu verfolgen. Sie hatten ja das Kennzeichen. Cotta wollte es auch unverzüglich überprüfen, sobald Lexington hinter Schloss und Riegel saß. Bei der Überprüfung war aber offenbar nichts Brauchbares herausgekommen, denn Cotta hatte ihnen auch heute noch keinen Skull II präsentieren können. Der BMW, so Justus' Schlussfolgerung, war also entweder gestohlen oder lief auf jemanden, der nicht zu finden war, nicht reden wollte, scheinbar nichts mit Skull II zu tun hatte, was auch immer. Das Kennzeichen sagte allerdings etwas anderes …

Und jetzt stand Skull II dort vorne an der Tür! Hörte sich die Pressekonferenz der Polizei zur Ergreifung seines Partners an! Und das mit einem Strauß weißer Rosen in der Hand!

»Inspektor!«, flüsterte Justus und beugte sich über Bob hinweg zu Cotta, der gerade die Frage eines Reporters entgegennahm. »Inspektor!«

»Gleich, Just.«

»Nein, nicht gleich! Da ist der Typ!«

»Justus, bitte! Nachher!«

»Da steht der Komplize, Inspektor! Da an der Tür! Der Mann mit den Rosen!«

Bobs Blick flog zur Tür.

»Ich weiß«, sagte Cotta gelassen.

Justus war wie vom Donner gerührt. »Was wissen Sie?«

»Wer das ist.«

»Skull Nummer zwei? Sie wissen, dass das Skull Nummer zwei ist?«

»Nein, das ist nicht Skull Nummer zwei.« Cotta lächelte undurchsichtig. »Das ist Commissioner Prescott, mein Chef.«

Justus verstand die Welt nicht mehr. Verdattert blickte er Bob an. Aber dann, ganz langsam, dämmerte es dem Ersten Detektiv. Als Skull II die Sonnenbrille abnahm, erkannte auch Justus den Polizeichef. Sein Bild war immer wieder in der Zeitung.

»Commissioner Prescott!«, rief ein Reporter. »Kennt man schon den Grund für Lexingtons Katz-und-Maus-Spiel? Was sollte das Ganze?«

Prescott lächelte gönnerhaft. »Lexington wollte die Polizei bloßstellen, die seiner Meinung nach überbezahlt und unfähig ist. Aber das«, er lachte gekünstelt, »haben wir ja jetzt eindrucksvoll widerlegt, nicht wahr?« Ein stolzer Blick wanderte quer durch den Saal zu Deborah Rodman, die die drei ??? erst jetzt bemerkten.

»Ist es wahr«, fragte eine andere Journalistin, »dass Lexington eines der Opfer sogar persönlich gekannt hat?« Sie schaute auf ihren Block. »Frank Petrella, den Mann, dem die chinesische Schatulle gestohlen wurde. Petrella soll ja sogar so etwas wie ein Ersatzvater für Lexington gewesen sein.«

Empörtes Raunen im Saal. »Mistkerl!«, zischte Peter.

»Dazu möchten wir noch keine Stellung nehmen«, erwiderte Prescott. »Die Ermittlungen sind noch nicht abgeschlossen.«

Die Pressekonferenz dauerte noch etwa fünfzehn Minuten, dann beendete Cotta die Fragestunde. Die Reporter zwängten sich wieder aus dem Saal, schreibend, telefonierend, jeder darauf bedacht, seine Geschichte möglichst schnell unter Dach und Fach zu bringen.

Lionell Prescott blieb an der Tür stehen und wartete auf Deborah Rodman. Die drei ??? beobachteten, wie er ihr zur Begrüßung einen Kuss auf die Wange gab und ihr den Rosenstrauß überreichte. Rosen, ging es Justus durch den Kopf, Kompassrosen. Die beiden unterhielten sich recht vertraulich, lachten miteinander und hatten sich einiges zu erzählen.

»Jungs, kommt mit! Wir müssen reden.« Cotta nahm seine Unterlagen und stand auf.

Justus nickte grimmig. »Das müssen wir ganz sicher.«

Cotta führte die drei Detektive in einen Besprechungsraum, schloss die Tür hinter Bob und bat sie, sich zu setzen. Er selbst blieb stehen und kratzte sich unschlüssig am Kopf. »Wie fange ich an? Vielleicht mit einer Entschuldigung. Wir haben euch ohne euer Wissen für unsere Zwecke, ähm, eingesetzt. Tut mir leid.«
»Sie haben was? Wie denn? Wieso?«, entfuhr es Peter.
Justus blickte Cotta aufmerksam an. »Die ganze Sache gestern war arrangiert, nicht wahr? Der Einbruch, die Rätsel, die Verstecke, einfach alles.«
Cotta setzte sich. »So ist es. Und ich bin wirklich froh, dass du uns nicht früher auf die Schliche gekommen bist.«
»Auf welche Schliche?« Peter sah irritiert von einem zum anderen.
»Weil die Rätsel viel zu einfach waren?«
»Bessere haben wir leider nicht zu Stande gebracht.«
»Hallo?«, rief Peter. »Erklärt mir mal einer, was hier läuft?«
Cotta verschränkte die Hände. »Skull ist wie ein Phantom. Was wir auch getan haben, er war uns immer einen Schritt voraus. Bis vor wenigen Tagen Todd Lexington zu uns hereinspazierte und uns mitteilte, er wisse, wer Skull sei.«
»Lexington ist gar nicht Skull?«, rief Bob.
»Nein, ist er nicht.« Cotta griff nach seinem Schlüsselbund, der auf dem Tisch lag, und spielte gedankenverloren damit. »Lexington bot uns einen Deal an. Er gibt sich als Skull aus, lässt sich schnappen, gibt alles zu und fordert dadurch den echten Skull heraus. Denn der echte Skull, so Lexingtons Idee, sei eitel genug, um ihm nicht den Ruhm zu gönnen, die Polizei monatelang an der Nase herumgeführt zu haben.«

»Verstehe«, sagte Justus.
»Dann würde der echte Skull sicher bald wieder zuschlagen, um zu beweisen, dass er noch auf freiem Fuß ist.«
»Und statt den Rätseln hinterherzujagen, können Sie ihn von Anfang an beobachten und schnappen, wenn er die Beute abholt oder sich bringen lässt«, verstand Bob.
»Mit ein bisschen Glück könnte das so laufen, ja.«
»Und was springt für Lexington dabei heraus?«, fragte Peter.
»Die Exklusivrechte an der Story, die ihm einen mächtigen Karriereschub verschaffen soll.«
Justus ergriff wieder das Wort. »Und weil es viel glaubwürdiger wirkt, wenn wir den vermeintlichen Skull schnappen und nicht die Polizei, haben Sie unsere Dienste zweckentfremdet. So kommt der echte Skull nicht auf die Idee, dass die Sache abgekartet sein könnte.«
»Richtig.« Cotta nickte. »Das war der Sinn der gestrigen Unternehmung. Die fast noch in die Hose ging, weil der Rollerfahrer eine Abkürzung wählte.«
»Und was für eine Rolle spielt Prescott?«, wollte Bob wissen. »Wieso war der bei Lexington?«
»Um ihm mitzuteilen, dass unser Plan nicht aufgegangen ist, und um die Skulptur abzuholen. Prescott wohnt ganz in der Nähe. Wir wussten ja nicht, dass ihr das Signal mittlerweile wieder aufgespürt hattet.«
»Aber Sie wussten das mit dem Peilsender?«
»Wir hatten jemanden in dem Schuppen postiert.«
Die Augen, fiel Peter ein, die Augen in seinem Rücken.
Cotta atmete tief durch. »Okay, Jungs, das war die Geschichte.

Noch einmal: nichts für ungut. Und ihr seid natürlich weiter dabei.«

»Und wir haben was gut bei Ihnen!« Peter grinste und tippte auf den Tisch.

Cotta grinste zurück. »Wie wär's mit einem Kurs in Beschattung eines Verdächtigen auf zwei Rädern?«

»Sehr witzig.«

»Wie geht es denn nun weiter?«, fragte Bob.

»Wir warten, dass sich Skull meldet.«

»Und was machen Sie solange mit Lexington?«

»Der bekommt eine nette Zelle hier bei uns. Es muss ja alles echt aussehen. Allerdings werden wir ihn nicht oben bei den bösen Jungs einquartieren, sondern im Keller. Und ab und zu darf er sich im Haus auch die Beine vertreten, vor allem nachts, wenn ihn von draußen niemand sehen kann.«

»Und jetzt natürlich noch die Frage der Fragen.« Justus schob den Kopf nach vorne. »Wer ist Captain Skull?«

»Lexington glaubt zu wissen, dass es Josh Reilly ist. Die beiden kennen sich seit der Schule. Reilly sei ein eitler, selbstgefälliger Angeber und habe ihm gegenüber die eine oder andere Andeutung gemacht, die Lexington davon überzeugt hat, dass Reilly Captain Skull ist.«

Verschlungene Wege

»Reilly! Diese kleine Ratte! Wer hätte das gedacht!« Peter knuffte Justus in die Schulter. »Das ist doch prima, oder?« Cotta war leicht irritiert. »Wieso ist das prima?«
»Na, weil Justus und Reilly auf dasselbe —«
»Peter! Das gehört jetzt wirklich nicht hierher!«, fiel ihm Justus ins Wort.
»Was gehört nicht hierher?« Cotta sah von Peter zu Justus, der sich hinter einem dunklen Blick verkroch.
Peter gluckste vergnügt. »Nichts, nichts. Alles in Ordnung und ... flockig.«
»Flockig?«, echote Cotta.
Justus' Blick wurde noch finsterer. Er hatte die Anspielung genau verstanden.
Bob wechselte das Thema. »Da wäre noch etwas, Inspektor. Wir haben bei unseren Recherchen etwas herausgefunden, das in Ihren Berichten bisher nicht auftaucht.«
»Und das wäre?« Cotta warf noch einen letzten befremdeten Blick auf Peter und Justus und wandte sich dann Bob zu.
»In vielen Rätseln und Koordinaten findet sich immer wieder die Zahl Fünf.«
»In einer alles andere als verhältnismäßigen Häufigkeit«, ergänzte Justus.
»Ja, und?«

»Diese auffällige Relation ließ uns zu dem Schluss kommen, dass Skull eine besondere Beziehung zur Zahl Fünf hat.«
Cotta dachte nach. »Das ist interessant.«
»Es wird noch viel interessanter«, fuhr Peter fort. »Sie haben das Kennzeichen ja wahrscheinlich nicht überprüft, weil Sie wussten, dass es Prescotts Wagen ist, oder?«
»So ist es.«
»In dem Kennzeichen stecken vier Fünfen, Prescott fährt einen 5er-BMW, hat sich fünfmal die Schuhe abgetreten und fünfmal an Lexingtons Tür geklopft.« Peter breitete die Hände aus. »Was sagen Sie jetzt?«
Cotta schien belustigt. »Ich sage, dass ihr eine blühende Fantasie habt, wenn ihr damit andeuten wollt, dass Prescott Skull ist.«
»Und was sollen wir Ihrer Meinung nach mit dieser Merkwürdigkeit anfangen?«, konterte der Erste Detektiv.
Cotta seufzte. »Zum einen müsst ihr wissen, dass Prescott für diese Marotte bekannt ist. Fast jeder Polizist, der längere Zeit hier gearbeitet hat, weiß davon. Ihr solltet mal sein Büro sehen, da wimmelt es von Fünfen. Eine Fünf als Briefbeschwerer, fünf Bilder an der Wand, fünf Fotos von seiner Familie auf dem Tisch. Wenn ihr mich fragt, schläft Prescott sogar in Bettwäsche mit Fünfen drauf.«
Peter lachte, Justus nicht.
»Weiß man, woher dieser Spleen rührt?«, fragte Bob.
Cotta zuckte mit den Schultern. »Nein. Eine Art von Aberglaube vermutlich.«
»Was immer noch nicht gegen Prescott als Skull spricht«, sagte Justus.

»Das ist doch verrückt!« Cotta sah zur Decke. »Ich nenne euch mal ein paar andere Erklärungen. Erstens«, er streckte den Zeigefinger aus, »es ist purer Zufall. Zweitens«, der Daumen kam hinzu, »es steckt tatsächlich jemand dahinter, der Prescott Ärger bereiten will. Ein Polizist, der Bekannte eines Polizisten, der Bekannte eines Bekannten eines Polizisten. Drittens«, der Mittelfinger, »Prescott soll keinen Ärger bekommen, sondern das Ganze geschieht aus Jux und Dollerei.«

»Viertens«, ergriff Justus das Wort, »Prescott ist Skull und weist so offensichtlich auf sich selbst hin, dass keiner ernsthaft daran glaubt, dass er es ist.«

Cotta ließ seine Hand sinken und seufzte. »Nein, Jungs, ihr denkt zu kompliziert. Erinnert euch an die Beschreibung von Tillerman. Skull ist groß und schlank. Prescott ist nur groß.«

»Es gibt Bauchbinden, breite Gürtel und Korsetts«, wandte Bob ein. »Einer unserer Lehrer trägt so ein Ding.«

»Echt?«, stieß Peter überrascht hervor. »Wer?«

»Tut mir leid, Zweiter, ich hab versprochen, es niemandem zu erzählen.«

»Ach, komm schon! Ist es Butterman?«

»Ich sage nichts.«

»Es *ist* Butterman!«

Cotta griff in seine Schublade. »Wartet.« Er holte ein Foto daraus hervor und legte es den Jungen vor die Nase. »Hier, das kennt ihr noch nicht. Stammt von einer Überwachungskamera auf der Savannah Road. Wir haben es gestern erst entdeckt.«

Das Foto war etwas verwackelt, zeigte aber eindeutig Captain

Skull. In einer Entfernung von circa zehn Metern lief er unter einer Laterne vorbei. In der Hand hielt er einen dunklen Sack.

»Das wurde kurz nach dem Einbruch bei Frank Petrella aufgenommen«, erkannte Justus an den Daten am Rand. »Vierter August um ein Uhr vierzehn nachts.«

»Richtig. Die Kamera steht an der Einfahrt einer Softwareschmiede in der Nähe von Petrellas Haus. Recht sensible Aufträge, daher gut gesichert. Und jetzt seht euch diesen Skull an! Ist das Prescott?«

Die drei ??? sahen sich das Bild genau an.

»Eher nicht«, meinte Peter.

»Die Größe passt zwar ungefähr, aber Prescott hätte tatsächlich einiges zu tun gehabt, um so schlank zu werden«, fand auch Bob. »Wobei die Aufnahme natürlich nicht die beste ist.«

»Die Kamera nimmt doch sicher ununterbrochen auf, oder?«, fragte Justus.

Cotta nickte. »Ja, wir haben die ganze Sequenz, in der Skull vorbeiläuft. Aber das hier ist das beste Foto.«

»Und fährt kurz darauf ein Auto in die andere Richtung, ein Motorrad, irgendetwas? Geht jemand spazieren?«

»Ich weiß, worauf du hinauswillst. Aber nein, Skull kam nicht wieder zurück. Er muss die Savannah Road stadtauswärts genommen haben.«

»Hmm«, machte Justus. Und noch einmal: »Hmm.«

Als sie kurz darauf zu Bobs Käfer liefen, wollte Peter natürlich wissen, was »Hmm« zu bedeuten hatte. »Oder hattest du nur Schluckauf?«

»Lasst uns zu dieser Softwarefirma fahren«, antwortete Justus. »Mich irritiert da etwas.«

Die Firma, Kronos Safeware, lag ganz am Ende der Savannah Road. Bob fuhr über die Eisenbahnbrücke und verlangsamte danach sein Tempo. Rechts ging es in die Richmond Street, in der das Haus von Frank Petrella stand. Links tauchte bald die Firma auf, ein Betonbau hinter einem hohen Zaun. Der Pförtner an der Einfahrt beäugte sie misstrauisch, genau wie die Kamera über seinem Häuschen. Hinter Kronos Safeware kamen nur noch zwei Lagerhallen und eine verfallene Ziegelei, dann ging es hoch in die Santa Monica Mountains.

»So hatte ich das in Erinnerung«, sagte Justus gedankenvoll.

»Skull muss von der Kamera gewusst haben«, erkannte Bob. »Er hat dahinter geparkt, damit nur er und nicht sein Auto oder womit auch immer er unterwegs war, aufgenommen wurde.«

»Das verstehe ich nicht.« Peter deutete zur Richmond Street. »Er hätte doch genauso da parken und dann weiterfahren können. Dann hätte er gar nicht an der Kamera vorbeigemusst.«

»Die Richmond Street ist eine Sackgasse«, wandte Bob ein.

»Meinetwegen. Dann eben zurückfahren, über die Brücke und in die Stadt. Da erwischt ihn die Kamera auch nicht.«

»Du sagst es, Zweiter, du sagst es.« Justus knetete seine Unterlippe, von jeher ein Zeichen dafür, dass er scharf nachdachte. »Fahr weiter, Bob.«

»Was sage ich?« Peter war verwirrt. »Hat er jetzt in der Richmond Street geparkt oder nicht? Oder was? Oder wie?«

»Soweit ich weiß, kommt da nichts mehr.« Der dritte Detektiv zeigte Richtung Berge.

»Das werden wir sehen.«

Eine halbe Stunde später standen die drei ??? an einer gottverlassenen Kreuzung mitten in den Santa Monica Mountains. Geradeaus ging es weiter in die Berge, rechts nach San Fernando und links zur Küste Richtung Malibu. Die Sonne brannte gnadenlos vom Himmel, ein trockener Wind trieb Staubfahnen wie Gespenster vor sich her. Weit und breit war kein Haus zu sehen, keine Hütte, kein Anzeichen von Leben. Nur dorniges, karges Hügelland. Auf einem Pfahl steckte der ausgebleichte Schädel eines Kojoten.

Der Fisch beißt an

»Bist du dir sicher, Junge?« Tante Mathilda sah von dem Fleischbällchen im großen Topf mit der Tomatensoße zu ihrem Neffen und wieder zurück.
»Ja, ganz sicher.«
»Schmecken dir meine Spaghetti mit Meatballs nicht?«
»Doch, sie sind ganz ausgezeichnet.«
»Aber du hast doch erst zwei Teller gehabt.«
»Ich bin wirklich satt, Tante Mathilda.« Der Erste Detektiv kreuzte die Hände über seinem Teller.
»Da versteh einer die Welt.« Tante Mathilda schüttelte den Kopf und ging zurück zum Herd. »Irgendwie hast du dich verändert, Junge. Irgendetwas ist anders an dir.«
Peter und Bob grinsten sich verstohlen an. Sie wussten genau, was anders war. Seit fünf Tagen schon anders war. Und seit gestern Abend war noch viel mehr ganz anders, wenn sie die Zeichen richtig deuteten. Sie konnten es kaum erwarten, Justus danach zu fragen.
Onkel Titus wedelte mit dem Finger und lächelte. »Ah, meine Liebe, ich glaube, ich weiß, woher der Wind weht.«
»Wieso weißt du das? Woher weht er denn?«
»Dieses Strahlen in den Augen, dieses Lächeln auf den Lippen.« Onkel Titus sah Justus unter hochgezogenen Augenbrauen an. »Und auf die Figur achtet man auf einmal auch viel mehr, nicht wahr?«

Justus schluckte. »Ich weiß nicht, worauf du hinauswillst.«
Tante Mathilda kam zum Tisch zurück. »Ich auch nicht. Drück dich klarer aus, Mann, und sprich nicht in Rätseln.«
»Na ja, wie soll ich sagen?« Onkel Titus breitete die Arme aus, als wollte er zu einer Opernarie ansetzen. »El amor. L'amour. Love!«
»O Gott!«, stöhnte Justus und vergrub sein Gesicht in den Händen. Peter musste aufpassen, dass er die Nudeln im Mund behielt, und Bob versteckte sich hinter einer Serviette.
»So! Die Liebe!« Tante Mathildas Blick wurde schlagartig finster. »Und du weißt natürlich genau, wie sich das anfühlt und wie man sich dann verhält, nicht wahr?« Jetzt machte auch sie auf Opernsängerin. Eine grimmige Opernsängerin. »Strahlende Augen! Lächelnde Lippen.«
»Nein, Schatz, du missverstehst mich. Ich —«
»Wann hast du dich denn zuletzt so gefühlt, hm? Bei ... Roberta? Strahlten deine Augen damals auch?«
»Schatz, ich —«
»Du warst damals sicher auch schlanker, oder?« Tante Mathilda lächelte wie eine Baumsäge.
Justus bedeutete seinen Freunden mit einem kurzen Nicken, dass sie sich unauffällig vom Schlachtfeld zurückziehen sollten. Peter und Bob folgten dem Hinweis gern und standen geräuschlos auf.
»Ich wollte doch damit nur sagen —«
»Ich verstehe schon, was du sagen wolltest.« Tante Mathildas Gesichtszüge gefroren. »Ich verstehe.«
Die drei Jungen murmelten ein »Danke« und ein »Bis nach-

her« und verließen die Küche. Erst vor dem Haus wagten sie wieder zu atmen.

»Ich bin mir sicher, dein Onkel wünscht sich inzwischen, diese Briefe nie geschrieben zu haben«, sagte Bob. »Deine Tante scheint das immer noch nicht so recht verdaut zu haben.«

»Den Eindruck habe ich auch«, gab ihm Justus Recht.

»Wenn das so weitergeht«, meinte Peter, »wird der Blumenmann bald der beste Freund deines Onkels.«

»Solange es nicht wieder Gardenien sind, soll es mir recht sein«, erwiderte Justus. »Gehen wir in die Zentrale. Vielleicht gibt es etwas Neues.«

»Das hoffe ich doch!«, meinte Peter zweideutig.

Cotta hatte auch an diesem Morgen noch nichts von sich hören lassen. Seit drei Tagen saß Lexington jetzt im Gefängnis, aber Skull hatte noch kein Lebenszeichen von sich gegeben. Sollte sich Lexington geirrt haben? War Reilly doch nicht der eitle Fatzke, als den er ihn dargestellt hatte? Die drei ??? hatten Reilly in den vergangenen Tagen unauffällig beobachtet. Doch nichts wies darauf hin, dass er in irgendeiner Form ungeduldig wurde oder sich ungewöhnlich verhielt. Er tat, was er immer tat. Und dazu gehörte zu Justus' Leidwesen auch, dass er Valery besuchte. Aber seit gestern Abend sah die Welt für den Ersten Detektiv wieder ganz anders aus. Heller. Bunter. Kastanienfarbener.

»Jetzt erzähl endlich!« Peter saß auf der Vorderkante des Stuhles. »Wie war's?«

»Nun ja, wir waren zusammen im Kino«, wand sich Justus.

»Ja, das wissen wir«, drängte auch Bob. »Aber was war im Kino? Oder danach?«

»Im Kino lief ein Film. ›Kinder des Olymp‹. Ein französischer Klassiker. Und danach sind wir noch zu La Fortaleza gegangen.«

»Mann, Just!«, stöhnte Peter. »Das interessiert doch niemanden. Wir wollen wissen, was war!«

Der Erste Detektiv zögerte, sah zu Boden, wartete. Dann legte sich langsam ein glückliches Lächeln auf sein Gesicht. »Sie mag mich.«

»Was? Sie mag dich? Hat sie gesagt? Yippie!«, jubelte Peter.

»Super!«, freute sich auch Bob. »Klasse! Und dann? Was hast du gesagt? Oder gemacht?«

»Dass ich sie auch mag.«

»Und dann?« Der Zweite Detektiv hatte ganz große Augen.

»Dann haben wir uns über den Film unterhalten.«

Peters Gesicht fiel in sich zusammen. »Ihr habt was?«

»Der Film. ›Kinder des Olymp‹«, erwiderte Justus. »Ich sagte, glaube ich, dass die Adaption der Romanvorlage durch Jacques Prévert recht gut gelungen ist, und sie fand das auch.«

»Das hast du nicht gesagt?«

»Doch, habe ich. Wieso?«

»Nachdem du ihr gesagt hast, dass du sie magst?«

»Ja doch!«

»O nein!« Peters Kopf fiel nach unten und Bob seufzte.

»Was denn?«

Das Telefon klingelte. Der Erste Detektiv sah seine Freunde noch für einen Moment irritiert an, dann hob er ab: »Jacques, äh, Justus Jonas von den drei Detektiven?«

»Justus!« Es war Deborah Rodman und sie war völlig aufgelöst. »Er hat wieder zugeschlagen! Captain Skull! Hier bei uns! Er hat bei uns eingebrochen!«

»Jetzt gerade?«

»Ja, während ich im Garten arbeitete. Ich dachte, der Spuk wäre vorbei! Er sitzt doch hinter Gittern!«

Zumindest das hat Prescott für sich behalten, dachte Justus.

»Haben Sie die Polizei schon benachrichtigt?«

»Nein, ich wollte erst euch Bescheid sagen. Justus, es ist mein Schmuckkästchen! Mit allem, was mir lieb und teuer ist!«

»Wie viel Zeit haben wir? Was sagt die Uhr?«

»Ich weiß es nicht, ich habe nicht draufgesehen.«

»In Ordnung, Mrs Rodman. Beruhigen Sie sich und lassen Sie alles so, wie es ist! Einer von uns kommt sofort zu Ihnen.« Er beendete das Gespräch.

»Was ist passiert?« Peter sah ihn alarmiert an.

»Skull«, sagte Justus knapp und wählte Cottas Nummer. »Bei den Rodmans.«

»Bei den Rodmans?«, stieß Bob hervor.

»Cotta?«, tönte es aus dem Telefon.

Justus informierte den Inspektor in kurzen Worten über Mrs Rodmans Anruf. Peter und Bob überprüften in der Zwischenzeit noch einmal die Ausrüstung, die sie für genau diesen Fall schon in einem kleinen Rucksack zusammengestellt hatten: ihr Treasure X 35, Taschenlampen, Funksprechgeräte und einen Peilsender.

»Alles klar, Justus«, sagte Cotta. »Wir machen uns auf den Weg. Fahrt ihr zu den Rodmans und kümmert euch um Mrs Rodman. Ich schicke euch einen Kollegen vorbei.«

»Aber, Inspektor, es macht doch viel mehr Sinn, wenn zwei von uns auch zu Reilly —«
»Nein, Justus, ihr haltet euch diesmal raus! Die Sache könnte gefährlich werden. Wir hängen uns an Reilly dran. Wenn er das Schmuckkästchen aus dem letzten Versteck holt oder es ihm gebracht wird, schlagen wir zu.«
»Inspektor, wir —«
»Nein, Justus!«
Verärgert legte der Erste Detektiv auf. Und auch als sie ein paar Minuten später vom Schrottplatz fuhren, hatte sich seine Laune noch um keinen Deut gebessert. Er nahm nicht einmal wahr, dass Onkel Titus und Tante Mathilda Hand in Hand auf der Bank vor ihrem Haus saßen und sich liebevoll anlächelten.

Ein tonnenschwerer Fehler

Als die drei ??? bei den Rodmans eintrafen, war Inspektor Morales bereits vor Ort. Zusammen mit Benjamin und Mr und Mrs Rodman saß er am Esstisch und telefonierte.
»Okay, verstehe … ja, geht klar … bis nachher.« Er klappte sein Handy zu. »Hallo, Jungs.«
Mrs Rodman hatte kaum Kraft, den drei Jungen zuzulächeln. Eingesunken saß sie auf ihrem Stuhl, das Gesicht halb unter einer Hand verborgen, vor sich einen Pott Tee. Ihr Mann hatte seinen Arm um ihre Schulter gelegt und wirkte sehr besorgt um seine Frau. Benjamin war in Skulls Rätsel vertieft.
»Ist das die Uhr?« Justus deutete auf die schmale Armbanduhr auf dem Tisch. Morales nickte.
Der Erste Detektiv las die verbleibende Zeit ab. »Noch mehr als fünf Stunden? Dann müssen die Rätsel diesmal ja ziemlich kompliziert sein.«
»Ich verstehe zumindest kein Wort von dem, was hier steht.« Benjamin deutete auf das Blatt.
»Kann ich das einmal sehen?«, fragte Justus. Benjamin reichte ihm das Blatt.
Morales lächelte süßsauer. »Der Kerl will uns offenbar ganz unmissverständlich zeigen, dass wir den Falschen haben und nur er der echte Skull sein kann.«
»Aber dieser Journalist hat doch zugegeben, dass er es war«, klagte Deborah Rodman.

»Vielleicht ist es ein Trittbrettfahrer.« Bob gab sich Mühe, so arglos wie möglich zu klingen. »So etwas kommt häufig vor, wenn man einen berühmt-berüchtigten Ganoven gefasst hat.«

»Das ist doch bescheuert!«, ereiferte sich Samuel Rodman. »Wer macht denn so etwas?«

»Wichtigtuer zum Beispiel«, befand Peter. »Oder durchgeknallte Fans, die das Werk ihres Meisters fortsetzen wollen.«

Deborah Rodman musterte ihn verständnislos. »Dieser Kerl hat Fans?«

Peter zuckte die Schulter. »Er wäre nicht der erste Kriminelle.«

Justus benötigte diesmal tatsächlich sehr viel mehr Zeit, um das Rätsel zu lösen. Aber das lag vielleicht auch daran, dass es völlig unerheblich war, ob er es schaffte oder nicht. Seine Lösung interessierte niemanden. Sie konnten ja ohnehin weiter nichts unternehmen, durften weiter nichts unternehmen.

Die Minuten verrannen, die erste Stunde verging, die zweite, dann auch die dritte. Mrs Rodman beruhigte sich nur langsam, Benjamin ging in sein Zimmer, Morales las Zeitung und telefonierte ab und zu mit Cotta. Die drei ??? hingegen wurden immer unruhiger, insbesondere Justus. Er ertrug es einfach nicht, zur Untätigkeit verbannt zu sein. Sie konnten doch helfen! Und selbst wenn es gefährlich wurde – das wäre doch nicht das erste Mal! Meine Güte!

Schließlich hielt er es nicht mehr aus. Er musste etwas unternehmen. Irgendetwas. »Ich bin mal kurz im Bad«, sagte er und verließ das Esszimmer. In Wahrheit jedoch wollte er zu Benjamin. Leise klopfte er an seine Zimmertür.

»Ja?«, rief Ben von drinnen.

Justus trat ein. »Hallo, Ben. Ich hätte eine Frage. Hast du als Vorsitzender der Track-Cracker vielleicht Josh Reillys Handynummer? Ich wollte mal mit ihm über eine Veranstaltung reden, die wir auf dem Schrottplatz meines Onkels planen.«

»Josh? Ja klar, warte.« Ben zog sein Handy aus der Tasche und suchte die Nummer im Adressverzeichnis. »Hier ist sie.«

Justus gab sie in ihr Firmenhandy ein. »Danke dir, bis nachher.«

»Bis dann.«

Der Erste Detektiv verließ Bens Zimmer und begab sich ins Bad. Dort wählte er Reillys Nummer. Nach dreimaligem Läuten hob Reilly ab.

»Ja?«

»Ah, hallo, Josh, hier ist Justus. Du erinnerst dich?«

»Was willst du?«, entgegnete Reilly unfreundlich.

»Hör mal, ich wollte mich entschuldigen für unseren Überfall neulich abends. Das war wirklich sehr unhöflich von uns.«

»Schon gut.«

»Toll! Und dann wollte ich fragen, ob du mal Zeit hättest, mich in einem Projekt zu beraten. Mir wurde dein Name jetzt schon mehrfach genannt. Du sollst wirklich der Beste sein.«

»Aha.« Reilly klang auf einmal sehr viel zugänglicher.

»Könnte ich vielleicht zu dir ins Büro kommen? So gegen …« Justus sah auf seine Uhr. In knapp zwei Stunden lief die Frist ab. »Achtzehn Uhr? Bist du dann noch da?«

Reilly zögerte. »Da passt es mir nicht. Aber komm morgen vorbei. Morgen Vormittag.«

»Geht es nicht doch heute Abend? Es eilt ein bisschen.«

»Nein, morgen, sagte ich. Bis dann.«
Justus wollte eben etwas sagen, als ein Geräusch aus dem Hörer drang, das ihn zusammenfahren ließ. Es war eine Melodie. Ein Werbe-Jingle. Freddy Frosters Frühstücksflocken. Und sie kam nicht aus einem Fernseher.

»Und es war der Beo? Ganz sicher?« Peter lenkte den MG vom Grundstück der Rodmans.
»Irrtum ausgeschlossen. Reilly ist bei Valery.«
Bob wusste, dass Justus nicht gefallen würde, was er ihm jetzt sagte: »Das kann natürlich mehrere Gründe haben. Zumal Reilly, wenn er denn Skull ist, noch reichlich Zeit hat.«
»Zwei Stunden ist nicht reichlich«, widersprach Justus. »Und eigentlich sollte er noch auf der Arbeit sein, oder? Nein, Valery ist in Gefahr, das spüre ich.«
»Oder Reilly hat frei und besucht sie?«, gab Peter vorsichtig zu bedenken. Er wusste genau wie Bob, dass das ansonsten unbestechliche Urteilsvermögen seines Freundes im Augenblick etwas getrübt war.
»Oder noch schlimmer.« Bob zögerte. »Sie steckt mit ihm unter einer Decke.«
Justus sagte nichts. Er starrte aus dem Fenster und schwieg.
Kurze Zeit später rollte Peters MG in Schrittgeschwindigkeit an Valerys Haus vorbei. Die drei konnten aber nichts Auffälliges entdecken. Alles schien in Ordnung. Sie beschlossen, in der nächsten Seitenstraße zu parken und auf Beobachtungsposten zu gehen. Doch als Peter den MG abstellte, ging bei einem Auto auf der anderen Straßenseite kurz die Lichthupe an.

»Mist, das ist Cotta«, erkannte Bob.
Der Inspektor öffnete das Fenster und holte sie mit seinem Zeigefinger zu sich. Die drei ??? liefen hinüber und setzten sich auf die Rückbank.
Cotta drehte sich nach hinten um. »Ich hätte drauf wetten sollen, dass ihr die Füße nicht ruhig halten könnt. Morales meinte allerdings, dass ihr nach dem ersten Cache sucht.«
»Ich habe Reilly angerufen und Valerys Beo gehört«, erklärte Justus. »Er ist bei ihr und ich denke, dass sie in Gefahr ist.«
»Wieso hast du Reilly angerufen?«
»Ich wollte nur überprüfen, ob er jetzt Zeit für mich hätte. Wenn ja, wären wir auf dem Holzweg und sollten uns so schnell wie möglich um den ersten Cache kümmern, wenn nein, würde das Lexingtons Verdacht bestärken. Und er hat keine Zeit.«
»Justus!« Cotta sah den Ersten Detektiv verständnislos an. »Selbst wenn Reilly für dich Zeit gehabt hätte, muss das noch lange nicht bedeuten, dass er nicht Skull ist. Das muss dir doch klar sein. Und wie kommst du darauf, dass Valery Flockhart —«
»Chef!«, tönte da eine kratzige Stimme aus dem Funkgerät. »Es tut sich was! Reilly kommt raus!«
Cotta nahm das Handsprechgerät. »Okay, verstanden.« Er bedeutete den drei Jungen auszusteigen. »Es geht los. Und da ich euch sowieso nicht davon abhalten kann, folgt ihr mir. Aber absolut unauffällig und in möglichst großem Abstand. Klar?«
»Sie werden nicht mal unseren Schatten sehen«, versprach Justus.

Die Stimme aus dem Funkgerät meldete sich wieder. »Verdammt, er ist tatsächlich mit seiner Maschine gekommen. Er muss sie am Haus abgestellt haben.«
»Reilly fährt ein Motorrad?«, fragte Peter.
Cotta nickte und sprach wieder in sein Funkgerät. »Leute, ihr wisst Bescheid. Eine rote Honda CB 500. Kennzeichen 12J4567. Wir dürfen Reilly nicht aus den Augen verlieren.«
»Wie viele Ihrer Leute folgen ihm?«, wollte Justus noch wissen.
»Wir sind drei Teams.« Er ließ den Motor an und grinste. »Passt gut auf! Euer Kurs ›Wie verfolge ich jemanden auf zwei Rädern‹ beginnt!«
Aus dem kostenlosen Lehrgang für die drei ??? wurde jedoch nichts. Nachdem die drei Detektive Cotta fünfzehn Minuten gefolgt waren, hielt er plötzlich am Straßenrand an und winkte sie hektisch zu sich. Peter fuhr neben ihn und Justus kurbelte das Fenster herunter.
»Planänderung«, sagte Cotta knapp. »Donatelli wurde in einen Unfall verwickelt und Kershaw steckt im Stau. Es kann sein, dass ich euch brauche. Reilly fuhr zuletzt auf der Pineapple Road stadtauswärts. Hier habt ihr ein Funkgerät. Bleibt jetzt dichter hinter mir.« Er reichte Justus das Walkie-Talkie durchs Fenster.
Der Erste Detektiv nahm es entgegen. »In Ordnung.«
Peter wartete, bis Cotta losgefahren war. »Wohl doch nicht so einfach, jemanden auf zwei Rädern zu verfolgen«, sagte er nicht ohne Häme.
Nur jeweils ein Team hatte die Verfolgung aufgenommen, während sich die anderen Reillys Route entsprechend strate-

gisch in der Stadt verteilt hatten. Cotta und die drei ??? befanden sich daher bereits in der Nähe der Pineapple Road und nach einigen Minuten hatten sie die rote Honda entdeckt. Reilly, der einen braunen Rucksack trug, fuhr immer noch gemächlich stadtauswärts. Dann jedoch bog er in ein Gewerbegebiet ab und war urplötzlich nicht mehr zu sehen.

»Ich fahre rechts, ihr links«, kam es aus dem Funksprechgerät.

»Verstanden«, gab Justus zurück.

Die Gegend war ein Albtraum für jeden Verfolger. Einkaufszentren, Lagerhallen, Ladenzeilen, überall Autos – ein rotes Motorrad konnte hier überall und nirgends sein. Die drei ??? wussten nicht, wohin sie zuerst sehen sollten. Im Sekundentakt wechselten sie die Blickrichtung. Peter wurde dabei immer langsamer. Aber Reilly blieb unauffindbar.

Plötzlich hörten sie einen Schuss! Ganz in der Nähe. Ein einzelner, lauter Knall! Hatte Cotta Reilly …?

»Verflixt und zugenäht!«, schimpfte Cotta im nächsten Augenblick über Funk. »Ich habe einen Reifenplatzer!«

»Wo sind Sie?«, fragte Justus.

»Keine Ahnung. Südlich. Vor einem Autohaus. Ich –«

»Da ist Reilly!«, rief Peter. »Hinter uns!«

Justus und Bob drehten sich um. Dann kam Reilly auch schon heran und überholte sie.

»Reilly!«, sprach Justus ins Gerät. »Wir sehen ihn!«

»Folgt ihm!«, befahl Cotta. »Fahrt ihm hinterher!«

Peter gab Gas. Reilly fuhr quer durch das Gewerbegebiet stadtauswärts nach Norden. Aber dort war nichts mehr. Nur eine dürre Einöde, Büsche, Felsen, ein paar Bäume.

»Wo will er hin?«, wunderte sich Bob.

Sie passierten eine letzte Autowerkstätte, die Straße wurde schmaler, dann hörte sie ganz auf und ging in einen Feldweg über. Reilly war ein ganzes Stück vor ihnen. Sie durften nicht zu nah auffahren, sonst sah er sie.

Nach einer Weile führte der Weg leicht bergan und machte schließlich eine Kurve. Hier standen mehr Büsche und Bäume. Parallel zu ihnen verlief ein ausgetrocknetes Bachbett. Reillys Staubwolke war deutlich zu erkennen. Aber als sie um die Kurve waren, war die Honda wie vom Erdboden verschluckt.

»Drück drauf!«, rief Bob. »Er muss da irgendwo sein!«

»Die Brücke!« Peter stieg auf die Bremse und deutete auf die schmale Holzbrücke, die vor ihnen über den Bach führte. »Die hält uns nie! Die ist aus Holz!«

»Doch! Sie muss!« Justus winkte hektisch nach vorne. »Fahr!«

»Just, wir wiegen mehr als 'ne Tonne.«

»Wir verlieren ihn!«

»O Mann, o Mann, o Mann!«, jammerte der Zweite Detektiv und fuhr langsam an.

Bis zur Mitte der Brücke ging alles gut. Dann aber ertönte ein furchtbares Knacken und der MG sackte nach unten weg.

»Verdammt!«, schrie Peter. Justus und Bob hielten die Luft an.

In diesem Moment rollte eine rote Honda hinter einem Busch jenseits der Brücke hervor. Reilly klappte sein Visier hoch, tippte sich kurz an den Helm und brauste dann in einer Staubwolke davon.

Die letzte Chance

»Wie tief geht es da runter?« Justus wagte nicht, sich zu bewegen.

Bob lugte vorsichtig nach rechts. »Knapp zwei Meter.«

»Das reicht, um aus meinem Auto einen Schrotthaufen zu machen.« Peter hielt das Lenkrad immer noch fest in der Hand. »Was tun wir jetzt?«

Ein hässliches Knirschen ließ die Jungen zusammenfahren. Dann brach Holz und der MG neigte sich leicht nach vorne. Wie auf ein Kommando beugten sich die drei ??? zurück.

»Das geht nicht mehr lange gut.« Bob zog unwillkürlich den Kopf ein.

»Jungs?«, drang Cottas Stimme aus dem Funkgerät. »Hört ihr mich?«

Wie in Zeitlupe krabbelten Justus' Finger zum Walkie-Talkie. »Inspektor, wir haben ein Problem. Sie müssen uns helfen.«

»Was ist? Habt ihr Ärger mit Reilly?«

»Gewissermaßen.« Justus hielt einen Augenblick inne, weil eine Windböe den Wagen ins Schwanken gebracht hatte. Wieder knirschte es. »Nördlich des Gewerbegebietes beginnt ein Feldweg. Wenn Sie dem folgen, finden Sie uns. Und bringen Sie einen Abschleppwagen mit. Mit Kran.«

»Ihr braucht einen Kran?«

Jetzt quietschte etwas. Lang und kläglich. »Ja, und zwar sehr schnell!«

Die nächsten Minuten waren für die drei Jungen die reinste Folter. Keiner wagte, sich vom Fleck zu rühren, geschweige denn auszusteigen. Die Auswirkungen auf das labile Gleichgewicht des Autos, das wie auf einer Wippe festsaß, waren unvorhersehbar. Immer wieder knackte und knirschte es, der Wind packte das Auto mal hier und mal dort. Mit jeder Minute neigte sich die Motorhaube mehr nach vorne. Aber endlich hörten sie einen Wagen und kurz darauf auch Cottas Stimme. Er lachte.

»Jungs, was hat euch denn da geritten?«

»Helfen Sie uns!«, rief Peter verzweifelt. »Wir stürzen jeden Moment ab!«

»Nein, sicher nicht. Ihr sitzt auf einem Stahlträger auf. Kommt einer nach dem anderen raus. Aber passt auf, wo ihr hintretet!«

Eine Stunde später war der MG geborgen und auf einem Abschleppwagen verstaut. Die Schäden hielten sich in Grenzen, bis auf ein paar Kratzer hatte nur die hintere Stoßstange etwas abbekommen. Cotta verfrachtete die drei Detektive in einen Streifenwagen und nahm sie mit zum Police Department. Unterwegs erzählten ihm die Jungen, was passiert war.

»Hartnäckig seid ihr, das muss man euch lassen.« Cotta grinste und schüttelte den Kopf.

»Aber Reilly ist uns trotzdem durch die Lappen gegangen«, knurrte Peter. »Und in ein paar Minuten holt er sich den Schmuck und lacht sich ins Fäustchen.«

Cotta wurde wieder ernst. »Wenn wir Pech haben, dann ist das so. Aber vielleicht gibt es noch eine letzte Chance.« Er griff zum Telefon.

Als sie wenig später am Police Department ankamen, wartete Inspektor Donatelli am Eingang auf sie. Kershaw steckte offenbar immer noch im Stau.

»Es ist alles vorbereitet, Cotta. Wir können gleich loslegen.«

»In Ordnung.« Er winkte den drei ???. »Folgt mir.«

Ihr Weg führte sie wieder in den Presseraum. Diesmal waren nicht so viele Reporter wie das letzte Mal anwesend. Aber Cotta war vor allem der regionale Fernsehsender wichtig, der die Pressekonferenz live übertragen wollte, und der baute gerade seine Kamera auf.

Auch Deborah und Benjamin Rodman waren anwesend. Die drei Jungen gingen zu ihnen hinüber und setzten sich. Commissioner Prescott entdeckte Justus nicht.

»Wir waren gerade hier, um meine Anzeige zu Protokoll nehmen zu lassen, als ich von der Pressekonferenz hörte.« Deborah deutete zum Podium. »Wisst ihr, worum es geht?«

»Ich habe eine vage Vermutung«, meinte Justus. »Was mehr ist, als ich von unserem Fall behaupten kann.« Er lächelte gequält.

Deborah sah ihn tröstend an. »Ihr tut euer Bestes.«

»Ja, schon, aber dieser Skull ist das Rätsel in Person. Das ist alles so widersprüchlich und doch voller Anspielungen. Alles passt zusammen und dann wieder nichts.« Es sprudelte nur so aus dem Ersten Detektiv heraus, was ansonsten gar nicht seine Art war. In einem Zug breitete er alle Zusammenhänge und Fakten, alle Fragen und Rätsel, alle Verdachtsmomente und Widersprüchlichkeiten vor Deborah Rodman aus. Er war einfach nicht zu bremsen. Zu sehr machte ihm dieser Fall inzwischen zu schaffen. Und die Si-

tuation auf der Holzbrücke saß ihm auch noch in den Knochen.
Deborah Rodman sah ihn erst mitfühlend, dann zunehmend irritiert an. Offenbar erschreckte sie die Heftigkeit von Justus' Ausbruch.
»Just.« Bob griff nach dem Arm seines Freundes. »Cotta fängt an.« Er lächelte ihm beruhigend zu.
»Was?« Justus sah zum Podium. »Ach so, ja. Ich bin schon ruhig«, sagte er verdrossen. »Ich verstehe es sowieso nicht.«
Cotta klopfte zweimal auf das Mikro, das dumpf nachhallte.
»Meine Damen und Herren, danke, dass Sie sich so spontan eingefunden haben. Uns ist es ein Anliegen, eine offizielle Stellungnahme abzugeben. Heute Mittag hat Captain Skull wieder zugeschlagen.«
Aufgeregtes Raunen schwappte durch den Saal. Stimmen wurden laut und erste Finger schossen in die Höhe.
»Aber«, fuhr Cotta fort, »dabei handelt es sich mit an Sicherheit grenzender Wahrscheinlichkeit um einen Nachahmungstäter, einen Trittbrettfahrer. Wir haben die Rätsel Mr Lexington vorgelegt und er konnte uns glaubhaft versichern, dass dieser Nachahmungstäter gravierend von seinem eigenen Muster abgewichen ist.«
»Jetzt verstehe ich«, murmelte Peter. Justus und Bob nickten.
»Inwiefern?«, rief ein Reporter. »Was war anders?«
»Gibt es noch mehr Trittbrettfahrer?«
»Haben Sie eine heiße Spur?«
»Was wurde gestohlen?«
Die Journalisten waren kaum zu bändigen. Wild durchein-

ander schleuderten sie ihre Fragen in den Raum. Cotta hatte alle Mühe, wieder für Ruhe zu sorgen.

»Bitte, meine Herrschaften, ich bitte Sie. Ich werde alle Fragen beantworten. Aber nicht alle auf einmal.«

Gelächter. Langsam beruhigten sich die Presseleute wieder. Cotta arbeitete sich geduldig durch die ausgestreckten Arme. Für jede Frage nahm er sich ausgiebig Zeit und betonte dabei immer wieder, dass heute ein Trittbrettfahrer am Werk gewesen war. Bob glaubte sogar so etwas wie Herablassung in Cottas Stimme zu hören, weil der Nachahmer so stümperhaft vorgegangen war. Cotta machte seine Sache sehr gut.

Deborah Rodman sagte nichts zu der polizeilichen Erklärung. Sie schien immer noch ein wenig benommen von Justus' Redeschwall. Benjamin dagegen hörte interessiert zu.

Plötzlich ging die Tür auf und ein Beamter in Uniform kam in den Pressesaal. In der Hand hielt er ein Mobiltelefon. Schnellen Schrittes hastete er zum Podium und flüsterte Cotta ein paar Worte ins Ohr. Cotta sah ihn erstaunt an und hielt sich das Telefon ans Ohr.

»Cotta am Apparat«, sah ihn Justus sagen. Der Inspektor lauschte gebannt, nickte ab und zu und legte auf. Der Blick, den er den drei ??? zuwarf, funkelte vor Genugtuung.

Fünf Minuten später fand ein Treffen in einem der Konferenzräume des Police Department statt. Cotta, Donatelli, Prescott, die drei Detektive und Todd Lexington waren anwesend. Cotta kam sofort zur Sache.

»Eben hat Skull angerufen! Während der Pressekonferenz!«

»Das war Skull?«, rief Donatelli.

»So schnell?«, wunderte sich Prescott.
»Ja. Und er war außer sich. Kochte förmlich vor Wut. Was wir da für einen Mist erzählen würden. Nur er sei der wahre Captain Skull. Der andere sei ein mieser Stümper, der dämlich genug war, sich von der Polizei schnappen zu lassen.« Cotta machte eine Pause und sah bedeutungsvoll in die Runde. »Und dann hat er uns ein Angebot gemacht.«
»Was für ein Angebot?«, fragte Donatelli.
»Einen Wettkampf. Er gegen den Stümper. Danach würde jeder wissen, wer der echte Skull ist.«
Lexington zuckte zusammen. »Ein Wettkampf? Wie … wie meint er das?«, fragte Lexington.
»Sie sollen gegen ihn antreten. Ganz allein. Er will in Kürze einen weiteren Diebstahl begehen. Sehr bald schon. Und wenn es Ihnen gelingt, die Rätsel rechtzeitig zu lösen und die Beute zu sichern, wird er sich der Polizei stellen und alle Beweise liefern, die wir brauchen. Wenn nicht, würde jeder wissen, dass Sie nur ein billiges Abziehbild sind. Und die Polizei ein Haufen nichtsnutziger Versager.«
Prescott schlug mit der Faust auf den Tisch. »Fantastisch! Jetzt kriegen wir ihn! Diesmal entkommt er uns nicht mehr!«
»Konnten Sie die Stimme identifizieren?«, wollte Bob wissen. »War es Reilly?«
»Die Stimme war irgendwie verzerrt«, erwiderte Cotta. »Klang nach einem Taschentuch, durch das er sprach.«
»Das meint der doch nicht ernst«, wandte Donatelli ein. »Der würde sich doch niemals stellen!«
»Das habe ich ihm auch gesagt«, meinte Cotta. »Er blieb völlig ruhig, sagte, er könne meine Bedenken verstehen, aber wenn

ich ihn kennen würde, wüsste ich, dass er es ernst meint. Ich hätte sein Wort. Und abgesehen davon«, Cotta zuckte mit den Schultern, »kann es uns zum Glück egal sein.«

Lexingtons Gesicht hatte in der Zwischenzeit merklich an Farbe verloren. »Und was muss ich dabei tun?«, fragte er.

»Sie laufen einfach von Rätsel zu Rätsel und tun so, als seien Sie angestrengt bei der Sache. Und keine Sorge, wir sind immer bei Ihnen. Sie werden verkabelt, verdrahtet, überwacht, bekommen einen Knopf ins Ohr, die ganze Palette.« Prescott lachte. »Big Brother is watching you, haha!«

Justus betrachtete den Commissioner genau. »Und woher nehmen Sie die Gewissheit, dass Ihnen Skull diesmal nicht wieder durch die Maschen schlüpft?«

Prescott verzog verächtlich das Gesicht. »Weil wir diesmal nichts dem Zufall überlassen. Ich werde sogar einen Helikopter für die Observierung anfordern. Ein zweites Mal trickst uns dieser Reilly nicht aus. So gerissen ist keiner, Junge!«

Die drei Detektive sahen sich schweigend an. Jeder von ihnen dachte in diesem Moment dasselbe: dass Commissioner Prescott sehr zuversichtlich war. Vielleicht zu zuversichtlich.

Bis zum letzten Atemzug

Peter hatte eine glänzende Idee: Warum beschatteten sie Reilly nicht ab sofort? Dann könnte man ihn unter Umständen auf frischer Tat ertappen und hinter Schloss und Riegel bringen – und sich so den ganzen Aufwand und die ganze Aufregung um den Wettkampf der beiden Skulls mit allen seinen Unwägbarkeiten sparen. Prescott stimmte Peter zu und leitete sofort alles Nötige in die Wege.
Das Problem war nur, dass Reilly nicht aufzufinden war. Er war immer noch nicht nach Hause gekommen, Valery wusste nicht, wo er war, er ging nicht an sein Handy und jeder Bekannte, den man auftrieb, sagte das Gleiche: »Keine Ahnung.«
Und dann hatte sich Peters Vorschlag von selbst erledigt. Die drei ??? saßen noch in der Zentrale, um den Fall durchzusprechen, als gegen neun Uhr abends das Telefon klingelte. Justus ging beim ersten Klingeln an den Apparat.
»Ich dachte, ich informiere euch kurz, dass die Party steigt«, sagte Cotta.
Dem Ersten Detektiv fiel fast der Hörer aus der Hand. »Jetzt?« Er schaltete auf Lautsprecher, damit Peter und Bob mithören konnten.
»Ja. Skull selbst hat uns angerufen. Er hat in einem Haus in der Canal Street eingebrochen. Wir sind gerade dabei, Lexington zu verkabeln, damit er mit uns in Kontakt bleiben kann, und schicken ihn dann los.«

»Und Reilly? Ist der schon aufgetaucht?«
»Er ist gerade nach Hause gekommen. Ab jetzt sind ein Dutzend Augenpaare auf ihn gerichtet, Sender kleben an seinem Wagen und an seiner Maschine und der Heli ist startklar.«
»Wir kommen vorbei!«, beschloss der Erste Detektiv. »Sind Sie im Department?«
»Ja, ich koordiniere alles von hier. Aber Justus, bleibt zu Hause. Ihr könnt hier nichts tun.«
»Bis gleich.« Der Erste Detektiv legte auf.
Die Schwüle des Tages hatte kaum nachgelassen. Immer noch war es so drückend und heiß, dass die drei Jungen sofort die Fenster herunterkurbelten, kaum dass sie in Bobs Käfer saßen. Doch der Fahrtwind brachte kaum Kühlung. Es war, als führe man in einen Föhn hinein. Für die Nacht waren Gewitter angesagt.
Diesmal gab es keine Parkplatzprobleme am Police Department. Und auch das Großraumbüro im zweiten Stock wirkte nahezu ausgestorben. Nur Cotta und eine junge Telefonistin saßen an der Funkzentrale und lauschten den eingehenden Nachrichten.
»Holt euch Stühle, das ist Tracy. Tracy, die drei Tauben.« Ohne aufzusehen, zeigte Cotta auf die junge Frau neben sich.
»Taub wie schwerhörig, nicht wie der Vogel.«
Peter machte »Hä?« und Tracy kicherte.
»Gibt es etwas Neues?« Justus setzte sich direkt neben Cotta.
»Lexington ist in der Canal Street angekommen, Reilly macht sich was zu essen. Nudeln, sagt Kershaw.«
»Was ist mit den Leuten, die da wohnen?«, fragte Peter.
»In der Canal Street? Sind in Urlaub.«

»Hatte Reilly eigentlich irgendetwas bei sich, als er nach Hause kam, das nach Schmuckkästchen aussah?«, fragte Bob. »Das muss er ja heute Nachmittag noch abgeholt haben, nachdem wir die Verfolgung an der Brücke einbrechen, äh, abbrechen mussten.«

»Den braunen Rucksack«, antwortete Cotta. »In den wir aber nicht reingesehen haben.«

Peter machte ein ratloses Gesicht. »Er holt also das Kästchen ab, denkt sich ein paar Rätsel aus, bricht in der Canal Street ein, ruft hier an, fährt nach Hause und macht sich Nudeln. Der ist nicht nur ganz schön beschäftigt, sondern auch ziemlich cool.«

»Vergiss nicht, dass er heute Nachmittag irgendwo ferngesehen und anschließend mit Inspektor Cotta telefoniert haben muss«, ergänzte Bob.

Die drei ??? hatten sich auf der Fahrt ins Department schon eingehend Gedanken über Reillys Programm gemacht. Und dass er mittlerweile in aller Seelenruhe nach Hause gekommen war, verstärkte ihre Verwunderung noch zusätzlich. Justus ging auch die Sache von heute Nachmittag nicht aus dem Kopf, aber er konnte nicht sagen, was ihn daran verwirrte. Dass Reilly sie erkannt hatte? Dass er einfach weitergefahren war? Hatte er da noch den Rucksack bei sich? Justus kam einfach nicht drauf, was da in ihm rumorte.

Cotta antwortete nicht gleich. »Ja, ich muss euch Recht geben. Das ist ziemlich viel auf einmal. Aber Lexington ist sich seiner Sache so sicher, dass auch wir keinen Grund haben —«

»Verdammt! Nein!«, kam es plötzlich aus einem der Lautsprecher. »Hilfe!«

Lexington! In höchster Panik!
Den drei ??? stockte der Atem. Auch Cotta war für einen Moment wie erstarrt. Dann schlug er auf den Sprechknopf. »Was ist bei Ihnen los? Lexington? Was, zum Teufel, passiert da?«
»Hilfe!« Lexington stöhnte und röchelte. Dann waren Geräusche wie von einem Kampf zu hören. Etwas fiel zu Boden und zersprang klirrend. Lexington schrie auf vor Schmerz.
»Lexington! Hören Sie mich? Was geht da vor?« Cotta kroch fast in das Mikrofon.
Die drei Detektive sahen sich schockiert an. Peter schoss ein entsetzlicher Gedanke durch den Kopf. Bekamen sie da etwa mit, wie Lexington ... wurden sie Zeuge eines ...? Er wagte nicht einmal, das Wort zu denken.
Cotta hämmerte auf einen anderen Knopf. »Wagen drei! Geht in das Haus! Schnell! Irgendetwas stimmt da nicht!«
Dann wieder ein grauenhaftes Röcheln, lautes Poltern, ein erstickter Schrei und dann – ein Schuss!
»O nein!« Bob war kreidebleich. Justus spürte sein Herz bis zum Hals klopfen.
Stille.
Es knackte leise im Lautsprecher, es rauschte. Jemand räusperte sich. »Hören Sie gut zu!«
Das war nicht Lexington! Die Stimme war verstellt, ein böses, brutales Knurren, aber es gehörte nicht Lexington. Oder doch?
»Sie haben ab jetzt noch genau fünf Stunden Zeit, um meine Rätsel zu lösen. Aber diesmal«, ein bösartiges Lachen, »sollten Sie sich ein bisschen mehr anstrengen, denn am Ende wartet

kein nettes Bildchen auf Sie. Diesmal ist es —« Er hielt inne. »Na, das werden Sie hoffentlich herausfinden.« Noch einmal lachte er teuflisch. Es folgte ein hässliches Knirschen, dann war die Leitung tot.

Cotta schlug die Hand vor den Mund und stierte ausdruckslos ins Leere. Auch die drei ??? waren wie gelähmt.

Cotta fing sich als Erster. »Wagen drei, Wagen drei!« Seine Stimme war rau wie Sandpapier. »Habt ihr was? Sagt mir, dass ihr was habt!«

»Hier ist keiner, Chef«, antwortete eine Stimme. »Es sieht aus, als hätte eine Bombe eingeschlagen, aber niemand ist hier. Was war denn los?«

»Die Hintertür!«, war ein anderer Beamter zu hören. »Er ist hinten raus!«

Atemgeräusche, Menschen rannten, Türen wurden geschlagen. Jemand rief: »Hallo? Ist da wer?«, ein anderer fluchte. Dann war wieder der erste Beamte zu hören: »Chef, Lexington ist verschwunden. Er ist weg.«

Cotta schloss die Augen, schluckte. »Fasst nichts an! Ich komme.« Er stand auf. »Tracy, gib eine Großfahndung nach Lexington raus! Jungs, kommt mit!«

Fünfzehn Minuten später bremste Cotta mit quietschenden Reifen vor dem Haus in der Canal Street. Mittlerweile waren noch zwei weitere Streifenwagen eingetroffen. Hektisch warfen die Signallichter ihre blauen Blitze in die Nacht.

Cotta und die Jungen sprangen aus dem Auto und hasteten ins Haus. Der Kampf hatte im Wohnzimmer stattgefunden. Eine Vase lag zersplittert auf dem Boden, Stühle waren umgeworfen worden, Möbel verschoben.

»Da ist es!«, rief Justus und lief zu der Kommode an der Wand. Ein Zettel lag darauf. Ein Rätsel.
»Lies vor!«, befahl Cotta.

> *»Ein paar letzte Atemzüge hat der Mann, der mich kopiert.*
> *Dann wird fauler Wasserstoff der Tod, der nach ihm giert.*
> *Kopernikus ist Zeuge und auch Neon weiß Bescheid,*
> *ersticken ganz in Eisen wird sein allerletztes Leid.«*

Cotta sog zischend die Luft ein. »Skull will keinen Wettkampf«, sagte er tonlos. »Er will Vergeltung. Er will Lexington für seinen Hochmut bestrafen. Furchtbar bestrafen.«

Wettlauf gegen die Zeit

»Sie meinen, er will ihn tatsächlich ...« Bob verstummte.
Cotta nickte. »Genau. Wenn wir ihn nicht rechtzeitig finden. Wozu wir dieses verdammte Rätsel lösen müssen!« Er hämmerte mit der Faust auf die Kommode. »Das mir überhaupt nichts sagt. Nichts!«
Er drehte seinen Kopf und sah Justus an. Auch Peter und Bob blickten ihren Freund fast flehend an.
»Ja, ja, ich bin dabei, ein klein wenig Geduld, bitte.« Justus zog an seiner Unterlippe. »Fauler Wasserstoff, Neon, Eisen«, murmelte er. Dann durchzuckte ihn die Erkenntnis wie ein Blitz. »Ich brauche ein Periodensystem! Schnell!«
»Diese Tabelle chemischer Elemente?« Peters Gesicht war ein großes Fragezeichen.
»Ich habe einen Laptop im Auto.« Cotta rannte voraus.
Im Auto ging Cotta online und stellte Justus den Computer auf den Schoß. »Hier, bitte.«
Der Erste Detektiv suchte sich ein Periodensystem und vertiefte sich in die chemischen Symbole und Zahlen. Seine grauen Zellen arbeiteten im Rekordtempo, aber den anderen ging es dennoch nicht schnell genug. Bob ballte die Fäuste und Peter biss sich vor Nervosität auf die Finger.
»Ich hab's!«, rief Justus so plötzlich, dass Peter zusammenzuckte. »Länge 18,112 Minuten, Breite 10,726 Minuten!«
»Guter Junge!« Cotta ließ den Motor an. »Welche Richtung?«

Bob gab die Koordinaten in ihren Treasure X 35 ein. Innerhalb weniger Sekunden hatte das Gerät den Ort gefunden. »Ost-Nord-Ost. Das Versteck liegt in Pasadena, in der Nähe vom North Arroyo Boulevard.«

»Das ist eine halbe Stunde mit dem Auto!« Cotta dachte nach. »Wir nehmen den Ventura Freeway. Der Verkehr müsste um diese Zeit machbar sein. Ich bestelle aber den Heli dorthin. Für alle Fälle.« Er fuhr los und griff zum Funkgerät.

Unterwegs erklärte Justus, wie er auf die Zahlen gekommen war. Skull spielte auf chemische Elemente und ihre Positionen im Periodensystem an. Fauler Wasserstoff musste, wegen des Geruchs nach faulen Eiern, Schwefelwasserstoff sein, H_2S. Wasserstoff war das erste Element im Periodensystem, Schwefel die Nummer sechzehn. Zweimal eins plus sechzehn machte achtzehn. Copernicum hatte die Hundertzwölf, Neon die Zehn, Stickstoff, das Skull mit »Ersticken« angedeutet hatte, die Sieben und Eisen die Sechsundzwanzig.

Peter sah seinen Freund fassungslos an. »Wahnsinn! Und das alles mit nur einem Hirn!«

»Ersticken und Eisen«, überlegte Bob. »Vielleicht hat das auch damit zu tun, wie Skull Lexington ... na, ihr wisst schon.«

Justus nickte. »Und der faule Wasserstoff könnte auch eine Rolle spielen. Ich weiß nur nicht, welche.«

»Und Kopernikus und Neon?«, fragte Peter. Der Erste Detektiv zuckte mit den Schultern.

Als sie am ersten Versteck ankamen, zeigte die Uhr, dass ihnen noch vier Stunden und drei Minuten blieben. Die Dunkelheit erschwerte die Suche nach dem Cache, aber dank zweier mobiler Tatortleuchten aus Cottas Wagen hatten sie

ihn bald gefunden. Er hing am Lenker eines verrosteten Fahrrades, keine fünf Meter neben der Straße.
»Hört zu!« Justus holte den Zettel vor, Cotta gab ihm Licht.

»Lang war sie und tief ging sie.
Noch tiefer allerdings nach zwei.
So ward sie nasser noch und kälter auch.
Wer? Na, der Star des weißen Sterns!«

Alle Blicke richteten sich sofort auf den Ersten Detektiv.
»Ihr dürft gern auch nachdenken!« Justus lief los. »Gehen wir zum Auto.«
Während sich der Erste Detektiv durchs Internet klickte, kam dröhnend der Helikopter an.
Donatelli sprang heraus, rannte durch den aufgewirbelten Sand zu ihnen herüber und quetschte sich neben Peter und Bob auf die Rückbank. »Und?«
»Einen Moment noch!« Justus murmelte etwas vor sich hin. Dann schrieb er Zahlen auf einen Block. »Es geht um die Titanic. Gebaut von der Reederei White Star und ihr unbestrittener Star. Gesunken kurz nach zwei Uhr morgens am 15. April 1912. Länge 269,04 Meter, Tiefgang 10,54 Meter, wenn wir wieder von Metern statt Fuß ausgehen.«
Bob verstand sofort. »26,904 Minuten Länge und 10,540 Minuten Breite.«
»Exakt!«, bestätigte Justus und Bob gab die Koordinaten ein.
»Mensch, dauert das«, stöhnte der dritte Detektiv, weil diese Prozedur einige Zeit in Anspruch nahm. Endlich hatte er es geschafft.

»Das ist nur fünf Minuten von hier!«, rief Peter, der mit auf das Display sah. »In der Nähe des Van-Nuys-Flughafens!«
»Kein Heli!«, entschied Cotta. »Robert, du fliegst dahin. Vielleicht brauchen wir dich für den dritten Cache.«
»Alles klar.« Donatelli stieg wieder aus.
Die Koordinaten führten sie zu einem Einkaufszentrum an der Ecke Hatteras Street/Van Nuys Boulevard. Die Geschäfte hatten noch geöffnet, aber es war nicht mehr allzu viel los.
Bob sah auf das Treasure X 35. »Der Cache muss direkt hier am Eingang liegen.«
»Plus/minus drei Meter«, ergänzte Justus und sah sich um.
Cotta und die drei Jungen verteilten sich.
»Ich hab ihn!«, rief Peter und zog eine Plastikdose aus dem Abfallkorb neben dem Eingang. »Das muss er sein.« Er nahm den Deckel ab und das Papier heraus.
»Wie lange noch?«, fragte Justus.
»Drei Stunden und zweiunddreißig Minuten«, antwortete Cotta mit Blick auf die Uhr in seiner Hand. Er wagte ein vorsichtiges Lächeln. »Wenn du auch dieses Rätsel so schnell knackst, haben wir eine echte Chance!«
Peter ließ einen jungen Mann passieren, der aus dem Einkaufszentrum kam, dann las er vor:

»Chaoten könnte man euch nennen.
Esel auch.
Aber fast alle finden euch toll.
Geht's noch?
Haben die sie noch alle?
Bei mir ist das anders.

Das kann ich euch sagen.
Es wird euch noch leidtun!
Darauf gebe ich euch mein Wort.«

»Das steht da?« Justus nahm Peter den Zettel aus der Hand. »Tatsächlich! Und da ist nichts weiter drin?« Er sah in die Dose. »Nein.«
»Das ist doch kein Rätsel!«, sagte Bob verstört. »Was sollen wir denn damit anfangen?«
Auch aus Cottas Gesicht war jede Zuversicht verschwunden. »Vielleicht war das nicht der Cache. Wir sollten noch einmal suchen!«
Justus schüttelte den Kopf. »Das ist vertane Zeit. Ich bin mir sicher, dass das hier von Skull stammt. Das ist sein Motiv, das ist der Grund, warum er das alles tut.« Er atmete schwer ein. »Ich habe allerdings nicht den Hauch einer Ahnung, inwiefern uns das verraten könnte, wo Lexington ist.«
Der Erste Detektiv starrte auf das Blatt. Die anderen schwiegen betroffen. Jedem war klar: Wenn sie nicht herausfanden, was Skull ihnen damit sagen wollte, hatten sie keine Chance, Lexington rechtzeitig zu finden.
In der Ferne donnerte es leise. Dann setzte der Regen ein. Erste schwere Tropfen klatschten auf den Asphalt. Ein dunkles Rauschen fuhr durch die Bäume am Straßenrand.
Cotta und die drei ??? setzten sich in den Wagen. Kurz darauf kam Donatelli hinzu: Der Hubschrauber stand am Hollywood Community Hospital, einen Block entfernt. Während ihm die anderen die Lage erklärten, las Justus das Rätsel zum x-ten Mal.

»Schöner Mist!«, sagte Donatelli leise.

Der Erste Detektiv versank förmlich in den Zeilen. Er nahm nicht mehr wahr, was sich um ihn herum abspielte, nicht den heftigen Regen, der auf das Dach prasselte, nicht den Sturm, nicht das Knacken des Funkgeräts. Er sog die Wörter auf dem Blatt ein, konnte das Rätsel bald auswendig, durchleuchtete die Sätze, suchte nach Sinn, nach Hinweisen auf Zahlen. Aber er fand nichts. Und die Zeit verrann unerbittlich. Auch die anderen halfen, ein paar Ideen kamen hinzu. Doch nichts brachte sie weiter.

»Wie lange noch?«, fragte Justus.

»Zweieinhalb Stunden«, antwortete Cotta.

Eine weitere halbe Stunde verging und noch eine halbe. Es war zum Verzweifeln. Und zum Verrücktwerden. Justus hatte das Gefühl, als platze ihm jeden Moment der Kopf. Die anderen dachten nach, starrten vor sich hin, gaben sich alle Mühe, nicht die Hoffnung zu verlieren.

Noch eine halbe Stunde. Dann noch eine halbe. Cotta hatte Durst, Bob musste auf die Toilette. Aber keiner wollte den Wagen verlassen. Vielleicht knackte Justus ja gerade dann das Rätsel.

Der Erste Detektiv drehte den Kopf und sah aus dem Fenster. Immer noch tobte sich da draußen das Gewitter aus. Regentropfen liefen am Fenster herab, unregelmäßige Linien, von oben nach unten, einer hinter dem anderen.

Von oben nach unten.

Justus sah auf das Blatt. Von oben nach unten. CEAGH-BDED. Er setzte sich aufrecht hin. Ein heißes Kribbeln überlief ihn. Das waren nur die ersten Buchstaben im Alphabet, der erste bis achte. Kein M, kein R, kein X. Und wenn man die Buchstaben durch ihren Platz im Alphabet ersetzte, bekam man –

»Ein Akrostichon!«, stieß der Erste Detektiv hervor. »Er benützt ein Akrostichon! Aus Zahlen! 35,178 Minuten Länge und 2,545 Minuten Breite! Das ist es! Los, los, los!«

Bobs Finger wirbelten über das Treasure X 35. »Es ist in Rocky Beach! Im Palisades Park! Im Norden vom Palisades Park!«

»Wir nehmen den Hubschrauber!«, entschied Cotta.

Alle stiegen aus und rannten durch die nächtlichen Straßen zum Hollywood Community Hospital. Peter hatte für einen Moment eine Ahnung, worauf das erste Rätsel anspielen könnte. Irgendetwas war da im Norden des Palisades Park, das mit faulen Gerüchen und Eisen zu tun hatte. Aber dann war der Gedanke wieder weg.

Der Helikopter stand auf dem Parkplatz des Krankenhauses. Donatelli hatte den Piloten noch vom Polizeiwagen angefunkt und ihn gebeten, die Maschine zu starten. Tief gebückt hasteten die drei ??? im ohrenbetäubenden Lärm der Rotorblätter zur Kabine. Zum Glück fanden alle Platz.

Vom nächtlichen Flug über den Westen von Los Angeles und die Ausläufer der Santa Monica Mountains bekamen die drei Detektive kaum etwas mit. Alles ging viel zu schnell, sie waren zu aufgeregt und zu sehr mit dem möglichen Versteck von Todd Lexington beschäftigt.

Vier Minuten vor Ablauf der Frist setzte der Helikopter im Palisades Park zur Landung an. Cotta versorgte die Jungen mit großen Stablampen, dann machten sich alle startklar. Unten trafen bereits die ersten Streifenwagen ein, die Cotta vom Hubschrauber aus zum Park beordert hatte.

»Nach Westen!«, schrie Bob gegen den Lärm an, kaum dass er aus der Kabine gesprungen war. Immer noch schüttete es wie aus Eimern. Das Gewitter aber hatte aufgehört. Mit dem Treasure X 35 in der Hand lief der dritte Detektiv voraus.

Bis Peter plötzlich stehen blieb. Jetzt wusste er, was er vorhin nur geahnt hatte. »Der alte Trinkwasserspeicher!«, rief er und deutete ein Stück nach rechts. »Da vorn ist das Eingangshäuschen. Von da geht eine Eisentreppe in die alte Wasserkammer nach unten! Ich war da mal mit dem Geo-Kurs drin! Es stinkt! Und es gibt Neonröhren!«

Justus stand wie versteinert. »Der Speicher läuft bei Regen voll!«

Cotta starrte ihn an. »Verdammt! In dem Rätsel stand doch was von Ersticken!«

Sie rannten los. Es waren keine fünfzig Meter. Aber sie hatten nur noch zwei Minuten.

Um zum Eingang zu gelangen, mussten sie über einen kleinen Holzsteg, der einen künstlich angelegten Bach überspannte. Die Planken vibrierten heftig, als die ganze Truppe darüber hinweghetzte.

»Wartet!«, rief Peter plötzlich und blieb abrupt stehen. Im Schein seiner Lampe hatte er zwischen den Holzbrettern etwas funkeln sehen. Er hob es auf – und war wie vom Blitz getroffen! »Ich werd verrückt!« In der Hand hielt der Zweite Detektiv eine goldene Anstecknadel, die wie eine Kompassnadel aussah!

Für einen kurzen Augenblick verharrten Justus und Bob in ungläubigem Schweigen. Dann liefen sie weiter.
Cotta zückte seine Pistole. Er würde das Schloss aufschießen müssen, wenn die Tür versperrt war. »Sind wir hier richtig?«
Der dritte Detektiv überprüfte ihren Standort auf dem GPS-Gerät. »Ja, hier muss es sein!«
»Noch eine Minute!«, rief Donatelli.
Die Tür war nicht verschlossen. Cotta steckte seine Dienstwaffe wieder ein. Einer hinter dem anderen eilten sie ins Innere.
Die Regengeräusche erstarben, aber jetzt hörten sie es rauschen wie bei einem Wasserfall. Und es stank nach faulen Eiern. Die Strahlen der großen Stablampen schnitten durch die Dunkelheit. Da, die Wendeltreppe, die in die Wasserkammer führte!
»Licht! Macht jemand das Licht an!«, rief Cotta.
Bob fand einen Kippschalter neben der Tür. »Es geht nicht!« Er schaltete mehrmals aus und ein. »Nein, keine Chance!«
»Mr Lexington?«, rief Justus. »Mr Lexington?«
Keine Antwort. Nur gleichförmiges, lautes Rauschen.
»Wir müssen die Treppe runter!« Cotta leuchtete nach vorne.
»Beeilung! Noch zehn Sekunden!«, drängte Donatelli.
Hintereinander jagten sie die enge Wendeltreppe hinab. Fünf Strahlenkegel flitzten wie Lichtkugeln von hier nach dort, das Rauschen wurde zum Donnern, die Treppe wankte und knirschte.
»Mr Lexington?«
»Zwei, eins, aus!«, rief Donatelli. »Die Frist ist um!«

»O nein!« Peter schickte ein Stoßgebet zum Himmel.
»Da ist er!«, schrie Cotta in diesem Moment. »Da unten!«
Sein Strahler hatte einen menschlichen Körper erfasst.
Sie flogen die letzten Stufen hinab. Todd Lexington war mit einer langen Kette an die Eisentreppe gefesselt. Auf seinem Mund klebte ein breites Paketband. Das Wasser stand ihm bis zum Hals. Aber er lebte! Er lebte! Aus weit aufgerissenen Augen starrte er sie voller Panik an.
Dann entdeckten sie noch etwas Merkwürdiges. Etwas sehr Merkwürdiges: Unter dem Klebeband steckte in einer schützenden Plastikhülle eine Karte. Eine alte Baseballsammelkarte, wie Justus bei genauerem Hinsehen erkannte. Und auf Lexingtons Stirn war etwas. Erst hielt es Justus für eine Art Zeichnung, aber dann sah er, dass es vier Zeichen waren. Vier chinesische Zeichen: **无拘无束**.

Rache aus dem Grab

»Was ... hat das zu bedeuten?« Peter starrte Lexington an, während Cotta vorsichtig das Klebeband löste. Donatelli forderte per Funk einen Rettungswagen an.

»Wir brauchen auch einen Bolzenschneider für die Kette«, rief ihm Cotta zu.

»Diese Symbole erinnern mich an irgendetwas«, meinte Bob.

Justus nickte abwesend. »Und ich weiß auch, an was.« Der Blick des Ersten Detektivs wanderte zu Peters Hand, dann zu Lexington und schließlich hinunter auf das schwarze Wasser, das dessen Körper umspülte.

»An was denn?«, wollte Peter wissen.

»Einen Moment noch.« Justus musste nachdenken. Er spürte, wie die Puzzleteile in ihm in Bewegung gerieten. Wie von Geisterhand schienen sie sich zu sortieren, strebten alle demselben Punkt zu.

»Mr Lexington! Sind Sie okay?« Cotta hatte das Band gelöst. Lexington atmete schwer. Immer noch flackerte die Panik in seinen Augen. »Dieser ... Wahnsinnige!«, stieß er hervor. »Er wollte mich umbringen!«

»Wollte er nicht«, sagte Justus knapp und deutete mit seiner Stablampe hinüber zur Wand, wo sich eine große Öffnung befand. »Wenn dieser Überlauf geöffnet ist, kann das Wasser nicht höher steigen.«

Alle blickten hinüber. Der Erste Detektiv hatte Recht. Das

Rauschen kam vor allem von den Wassermassen, die durch das Loch strömten.

»Skull wollte Sie nicht töten«, fuhr Justus fort. »Er wollte Sie zu Tode erschrecken und Ihnen damit eine Lektion erteilen, weil Sie sich anmaßten, sich für ihn auszugeben.«

»Blödsinn!«, fuhr Lexington auf. »Er wollte mich erledigen!« Justus tippte mit dem Fuß auf die Eisenstufe, als wollte er ihre Tragfähigkeit überprüfen. »Eine Frage, Mr Lexington. Können Sie sich noch erinnern, auf welchem Weg Sie hierhergekommen sind? Nur die letzten fünfzig Meter.«

»Was spielt das für eine Rolle? Macht mich endlich los!«

»Die Jungs sind schon unterwegs«, informierte ihn Donatelli.

»Bitte, es ist wichtig«, beharrte Justus. »Sie wollen doch auch, dass wir den Kerl schnappen, oder? Sind Sie über den kleinen Holzsteg da draußen gelaufen oder sind Sie von hinten gekommen?«

Lexington funkelte Justus an. »Ich wurde ... Ich ...« Er dachte nach. »Hintenherum. Wir sind von hinten gekommen. Er hat mir eine Knarre ins Kreuz gedrückt und ich musste um das ganze Ding herumlaufen.«

Der Erste Detektiv lächelte zufrieden. »Und gehe ich recht in der Annahme, dass Sie noch eine kleine Unterhaltung hatten, bevor Skull Sie verließ? An deren Ende er Ihnen diese hübschen Zeichen auf die Stirn gemalt hat?«

Für den Bruchteil einer Sekunde weiteten sich Lexingtons Augen. »Ich weiß nicht, wovon du sprichst. Und was mir der Kerl da hingemalt hat. Keine Ahnung.«

»Natürlich wissen Sie das.« Justus lächelte immer noch. »Inspektor, wenn Sie hier fertig sind, würde ich Ihnen gerne etwas zeigen. In Ihrer Asservatenkammer.«

Cotta schaute Justus an, als hätte er Chinesisch gesprochen.

Fünfzehn Minuten später war Lexington von seinen eisernen Fesseln befreit und in einen Krankenwagen verfrachtet worden. Donatelli begleitete ihn auf Justus' Bitten hin in die Klinik. Er sollte ihn nicht aus den Augen lassen.

»Da bin ich jetzt aber mal gespannt«, sagte Cotta auf dem Weg zu einem der Streifenwagen.

Die drei ??? lächelten. Justus hatte Peter und Bob seine Erkenntnisse, soweit sie Lexington betrafen, inzwischen in wenigen Worten mitgeteilt, so dass die beiden im Bild waren.

Als sie am Police Department ankamen, war es fast drei Uhr morgens. Und in dem Maße, wie die Aufregung der letzten Stunden nachließ, machte sich die Müdigkeit bemerkbar. Bob war im Auto fast eingeschlafen und Peter hatte so etwas wie einen Gähnkrampf, als sie ins Untergeschoss fuhren.

»Lexington hatten Sie ja auch hier unten untergebracht, nicht wahr?«, sagte Justus, während sie den Gang zur Asservatenkammer entlangliefen.

Cotta deutete auf eine weiß gestrichene Tür. »Hier.«

Vor der Kammer holte Cotta seinen Schlüssel heraus und wollte aufsperren. Aber Justus hinderte ihn daran.

»Darf ich mir Ihren Schlüssel einmal ansehen?«

Cotta runzelte die Stirn. »Ja, klar. Hier.«

Der Erste Detektiv betrachtete zuerst den Schlüssel und dann das Schloss. »Hab ich mir gedacht. Ein simples Zylinderschloss.

Mit etwas Übung und dem richtigen Werkzeug kein Problem. Was meinst du, Zweiter?«

Peter, der Spezialist für Schlösser bei den drei ???, begutachtete ebenfalls das Schloss. »Maximal zwanzig Sekunden, dann habe ich das auf.«

Justus nickte Cotta zu. »Jetzt dürfen Sie.«

In der Asservatenkammer steuerte der Erste Detektiv zielsicher auf das zweite Regal von rechts zu, blieb etwa in der Mitte stehen und holte eine Metallbox herunter.

»Die Schatulle?« Cotta sah Justus fragend an.

»So ist es.« Justus nahm die Schatulle heraus und stellte sie vor sich auf das Regal. Dann suchte er auf den vier Holzrädchen nach den richtigen Symbolen.

»Woher kennst du – ah, die Zeichen auf Lexingtons Stirn! Du meinst ...« Cotta hielt erstaunt inne. »Aber wieso? Was hat ...? Ich verstehe nicht.« Er zeigte auf die Schatulle. »Und du weißt noch, wie diese Zeichen ausgesehen haben?«

»Fotografisches Gedächtnis«, sagte Peter müde. »Just weiß wahrscheinlich auch noch, was auf seinem ersten Babylätzchen stand.«

»Da stand nichts drauf.«

»Sag ich doch«, meinte der Zweite Detektiv.

Mit einem leisen Klicken sprang die Schatulle auf. In ihr befanden sich drei gleich große Fächer. Sie waren leer.

»Da war doch was drin!«, rief Cotta.

»Sie haben doch die Sammelkarte mitgenommen, die unter dem Klebeband steckte?«, sagte Bob. »Mickey Mantle, 1951. Wenn Sie sie in eines der Fächer legen, werden Sie wahrscheinlich feststellen, dass sie genau da reinpasst.«

Cotta zog die Karte aus seiner Brieftasche und platzierte sie mitsamt der Hülle im mittleren Fach. Sie passte haargenau. »Das müsst ihr mir jetzt aber erklären.«

»Genaueres werden Sie sicher erfahren, wenn Sie Lexington verhören«, begann Justus. »Aber für den Moment erscheinen mir folgende Zusammenhänge sehr plausibel. Todd Lexington war, wie wir wissen, so etwas wie der Ziehsohn des verstorbenen Frank Petrella. Und offenbar hatte Petrella ihm anvertraut, was seine eigene Verwandtschaft nicht wusste.«

»Dass er in seiner chinesischen Schatulle einen Schatz verbirgt«, fuhr Peter fort. »Baseballkarten aus den Fünfzigern und Sechzigern. Ich weiß, dass es Sammelkarten gibt, für die man mehrere Tausend Dollar hinblättern muss. Für *eine*, wohlgemerkt!«

Bob ergriff das Wort. »Aber Lexington kannte nicht nur dieses Geheimnis, sondern auch den Code für die Schatulle. Woher auch immer. Vielleicht hat ihm Petrella auch den gesagt.«

»Und dann kam Skull.« Justus war wieder dran. »Er stahl die Schatulle, die zu Lexingtons Glück jedoch gefunden wurde und dann in Ihrer Asservatenkammer landete, weil sich die Erbstreitigkeiten hinzogen. Jetzt sah Lexington seine Chance gekommen und ersann einen raffinierten Plan.«

»Ihr denkt …?« Langsam begriff Cotta. »Er hat uns die ganze Zeit was vorgemacht? Er wusste gar nicht, wer Skull ist?«

Bob schüttelte den Kopf. »Er hatte genauso wenig Ahnung wie Sie oder wir. Aber er hat es geschickt verstanden, Ihnen einzureden, dass er es wüsste, damit Sie ihn für einige Tage hier im Gebäude unterbringen.«

»Als Journalist ist so etwas ja gewissermaßen sein Job«, meinte Peter. »Das ganze Gerede von wegen Exklusivstory und Karriere war nur heiße Luft. Aber als Skull ihn zum Wettkampf forderte, musste er natürlich mitmachen, wenn er nicht auffliegen wollte.«

»Und irgendwann vorher«, Cotta sah sich im Raum um, »hat er sich hier reingeschlichen und die Karten geklaut!«

Justus nickte. »Er hatte Zeit genug – und da man die Tür zu diesem Raum mit einer Büroklammer aufbekommt, hatte er auch die Gelegenheit. Und die macht ja bekanntlich Diebe.«

»Aber wieso Reilly? Wieso hat er Reilly vorgeschoben?«

Bob zuckte mit den Schultern. »Er brauchte irgendjemanden aus den Reihen der Track-Cracker. Wer, war ihm wahrscheinlich egal. Auf dem Kennenlern-Wettbewerb hat er sich mit Reilly unterhalten und ihn dabei vermutlich ausgesucht.«

»Tja.« Peter machte ein furchterregendes Gesicht und senkte die Stimme. »Aber Frank Petrella hat seine knochigen Finger aus dem feuchten Grab gestreckt und den gewissenlosen Verräter zur Strecke gebracht!«

Justus und Bob schmunzelten.

»Das müssen wir wohl weniger Frank Petrella als vielmehr Captain Skull zugutehalten«, meinte Cotta. »Aber wieso wusste Skull davon?«

»Ich stelle mir das so vor«, erwiderte der Erste Detektiv. »Skull wollte Lexington ursprünglich nur für seinen Hochmut bestrafen, sich für ihn auszugeben. Und Lexington hat in seiner Panik beteuert, dass es ihm darum gar nicht gegangen sei, dass er etwas ganz anderes vorgehabt habe. Schließlich ging es für ihn ja um Leben und Tod.«

»Und da wollte Skull natürlich Genaueres wissen«, sprach Bob weiter. »Lexington hat geredet und Skull verriet uns das Geheimnis, damit wir umso sicherer wissen, dass wir einem Hochstapler auf den Leim gegangen sind.«

»Und weil er damit die Polizei noch einmal demütigen kann«, ergänzte Justus. »Schließlich hat er Lexington überführt.«

Cotta schwieg für eine Weile. »Ich kann das alles kaum glauben. Und doch klingt es absolut logisch.« Er seufzte. »Aber wer Skull ist, wissen wir immer noch nicht.«

»Tun wir schon«, widersprach Peter und holte die goldene Anstecknadel hervor. »Diese Nadel, die ich beim alten Trinkwasserspeicher gefunden habe, gehört nämlich Benjamin Rodman!«

»Benjamin Rodman?«, entfuhr es Cotta. »Benjamin Rodman ist Captain Skull?«

Peter nickte. »Sieht ganz so aus.«

»Tut es nicht«, sagte Justus und gähnte.

Der Zweite Detektiv fuhr herum. »Was? Aber Ben gehört diese Nadel, das weißt du doch! Er war da, es passt alles zusammen, er muss es sein!«

»Muss er nicht.«

Auch Bob war verwirrt. »Nicht? Und wer ist es dann?«

»Das«, der Erste Detektiv gähnte wieder, »sage ich euch morgen. Jetzt brauche ich unbedingt eine Mütze Schlaf.«

Justus ist nicht nett

Peter hasste das. Und Justus tat es immer wieder. Etwas so lange für sich zu behalten, bis man vor Ungeduld platzte. Noch auf dem Nachhauseweg hatten er und Bob ihn gelöchert. Aber kein Wort war über die Lippen des Ersten Detektivs gekommen. Und heute Morgen hatte er auch nichts verraten. Nur wissend gegrinst. Peter hätte ihn schütteln können, damit irgendwo aus ihm herausfiel, was er um nichts in der Welt preisgeben wollte.
»Und wo geht's jetzt hin? Dürfen wir wenigstens das erfahren?« Der Zweite Detektiv setzte zurück und fuhr vom Schrottplatz.
»Zu den Rodmans. Inspektor Cotta dürfte schon da sein und dafür gesorgt haben, dass alle Beteiligten vor Ort sind.«
»Und was passiert dann?«, startete Bob einen letzten Versuch.
»Dem fliehenden Feind baue goldene Brücken«, erwiderte Justus geheimnisvoll.
»Bitte?«
»Ein Sprichwort, mit dem es in unserem Fall eine gewisse Bewandtnis hat.«
»Ich geb's auf!« Peter verdrehte die Augen und gab Gas.
Cotta, Commissioner Prescott, Josh Reilly und Valery warteten bereits am Einfahrtstor zum Grundstück der Rodmans, als die drei ??? ankamen. Alle begrüßten sich kurz und bega-

ben sich dann zu Fuß Richtung Haus. Natürlich wollten auch die anderen wissen, was Justus vorhatte, aber auch ihnen verriet er nichts. Es bedürfe noch einer allerletzten Verifikation, eines kleinen Tests.

Peter blätterte auf dem Weg zum Haus in seinem schlauen Büchlein. »Verifikation: Wahrheitsnachweis«, murmelte er. Aber auch das machte ihn nicht schlauer.

Sie näherten sich dem künstlichen See. Doch als Commissioner Prescott eben die kleine Holzbrücke betreten wollte, hielt ihn Justus zurück. »Bitte bleiben Sie noch kurz hier auf dieser Seite.«

»Hier? Wieso?«

»Das gehört zu dem angesprochenen Test.« Der Erste Detektiv holte sein Handy hervor und rief Deborah Rodman an. »Guten Tag, Justus Jonas am Apparat. Wir wären jetzt alle hier, aber ich würde Ihnen gerne etwas zeigen, was wir hier gefunden haben. Könnten Sie, Ben und Ihr Mann bitte zu uns über die Brücke kommen? ... Ja, über die Brücke ... Ja, jetzt gleich, bitte.«

Die anderen sahen Justus verwundert an.

»Was haben wir denn gefunden?«, fragte Bob.

Cotta nickte. »Das würde mich auch interessieren.«

»Das werden Sie gleich erfahren«, wich der Erste Detektiv aus.

Kurz darauf ging die Tür auf und die drei Rodmans traten ins Freie. Langsam kamen sie auf die Brücke zu.

»Nun, was ist es denn? Was habt ihr gefunden?«, fragte Deborah Rodman und lächelte.

»Hier herüber, bitte!« Justus winkte sie zu sich.

Deborah und Benjamin setzten sich in Bewegung.

»Nein, bitte, Sie müssten alle kommen. Auch Sie, Mr Rodman!«, beharrte Justus.

Deborah drehte sich kurz zu ihrem Mann um. Sie wirkte auf einmal besorgt. »Kannst du uns das nicht auch hier zeigen? Gehen wir doch ins Haus, da ist es viel gemütlicher!«

»Aber ich muss Ihnen auch zeigen, wo ich es gefunden habe!«

Die drei Rodmans bewegten sich nicht von der Stelle. Benjamin starrte zu Boden und schob mit dem Fuß den Kies hin und her, Deborah und Samuel sahen sich an. Beide wirkten übernächtigt. Samuel trat zu seiner Frau und nahm ihre Hand.

Cotta runzelte die Stirn. »Mr und Mrs Rodman?«

Reilly und Valery murmelten sich etwas zu und auch Commissioner Prescott begann die Sache merkwürdig zu finden. »Deb? Was ist denn los?«

Keiner der Rodmans antwortete. Samuel Rodman blickte Justus ins Gesicht. In seinen Augen spiegelten sich Traurigkeit und Hoffnungslosigkeit.

»Sie leiden an Gephyrophobie, nicht wahr?«, sagte der Erste Detektiv leise. »Der Angst, Brücken zu überqueren. Nicht einmal Ihre eigene hier können Sie passieren. Sie müssen daher immer große Umwege machen.«

Commissioner Prescott schob den Kopf nach vorne. »Gefürowas? Was redest du da, Junge?«

Rodman schloss die Augen und drückte die Hand seiner Frau. Deborah lief eine Träne über die Wange.

»Mir ist das schon auf dem Track-Cracker-Wettbewerb letzte

Woche aufgefallen«, fuhr Justus fort. »Aber erst nach und nach hat sich alles zusammengefügt. Der Umweg nach dem Petrella-Diebstahl, der seltsame Fluchtweg bei Tillerman, die lange Zeit, die Sie brauchen, um nach Hause zu kommen, weil Sie nicht über die Grant-Brücke fahren können, und schließlich der Weg, den Sie letzte Nacht am Trinkwasserspeicher genommen haben. Auch da haben Sie eine Brücke gemieden. Aber wir haben dort den goldenen Anstecker gefunden und das brachte mich auf die richtige Spur.«

Alle starrten über die Brücke auf Rodman. Keiner konnte glauben, was Justus da eben von sich gegeben hatte.

»Du willst damit sagen«, brachte Cotta mühsam hervor, »dass Mr Rodman —«

»Captain Skull ist, genau!«

Valery schnappte erschrocken nach Luft. Commissioner Prescott bewegte lautlos die Lippen.

»Halleluja!«, flüsterte Peter fassungslos, während Bob nachdenklich nickte. Justus hatte Recht, wurde ihm klar. Natürlich. Alles passte einfach zu gut zusammen. Aber was war Rodmans Motiv? Wieso hat er das getan?

»Und Sie«, der Erste Detektiv wandte sich an Deborah Rodman, »wussten seit unserem Gespräch bei der letzten Pressekonferenz Bescheid, nicht wahr? Ich habe Ihre Reaktion damals falsch gedeutet. Nicht ich und meine Art haben Sie erschreckt, sondern das, was ich gesagt habe, nicht wahr? Weil Sie auf einmal wussten, wer Captain Skull ist.«

Deborah Rodman wischte sich die Tränen ab. »Das ist doch Unsinn!«, sagte sie trotzig. »Ich weiß nicht, wie du darauf kommst! Ja, mein Mann leidet an Gephyrophobie, aber das beweist doch —«

»Sch, sch«, unterbrach sie ihr Mann sanft. »Liebling, lass gut sein. Es ist vorbei. Ich habe genug Unheil angerichtet.«

»Schatz!«, fuhr sie herum. »Nein! Das alles beweist gar nichts!«

»Captain ... Skull«, murmelte Prescott entgeistert.

Rodman schüttelte resigniert den Kopf. »Ich habe Ben heute Nacht im Park gesehen.« Er legte seinem Sohn die Hand auf die Schulter und lächelte ihn traurig an. »Da war mir klar, dass du Bescheid weißt. Du hast Ben gebeten, mich zu beobachten. Du wolltest Gewissheit und wahrscheinlich auch verhindern, dass Schlimmeres passiert. Was nicht der Fall gewesen wäre, das versichere ich dir. Ich wollte dem Kerl nur eine Lektion erteilen.«

»Tu das nicht, Liebling!«, wimmerte Deborah.

»Es ist vorbei. Ich habe mich verhalten wie ein Idiot.«

Alle schwiegen betroffen, während Deborah leise vor sich hin weinte. Benjamin wühlte immer noch im Kies. Er schniefte.

»Aber wieso hast du das getan?«, schluchzte Deborah. »Wieso nur?«

Alle warteten gespannt auf eine Antwort, auch Justus. Denn Rodmans Motiv war auch ihm nicht klar.

Samuel Rodman zögerte. Er zögerte lange. Dann wanderte sein Blick über die Brücke und blieb an Commissioner Prescott haften. »Wegen ihm!«, sagte er tonlos.

»Wegen mir?«, rief Prescott überrascht und deutete auf sich.

Deborah riss die Augen auf. »Wegen Lionell?«

»Wegen Prescott?«, entfuhr es Peter.

Rodman nickte schwer. »Ich habe«, er schluckte, »vor einem

halben Jahr zufällig Briefe gefunden, die du von ihm bekommen hast. Die haben mich rasend eifersüchtig gemacht.«
»Briefe?«, rief Deborah fassungslos. »Aber die sind doch uralt! Das war doch lange vor unserer Zeit!«
Alte Briefe! Die drei ??? sahen sich an. Jeder dachte dasselbe. Tante Mathilda und Onkel Titus! Das war ja das reinste Déjà-vu!
»Ich weiß, das klingt völlig idiotisch. Aber ich konnte nicht anders. Ich war blind vor Eifersucht und musste mir beweisen, dass Prescott eine Niete ist, ein Versager, der deiner Liebe nicht würdig ist und nie war. Deshalb habe ich ihn und seine Leute zum Narren gehalten. Nur so konnte ich mit meiner Eifersucht fertig werden, ohne dich, mein Herz, damit zu belasten.«
»Na, na!«, empörte sich Prescott. »Immerhin haben wir Sie geschnappt!«
»Drei Jungs haben mich geschnappt!«, schleuderte ihm Rodman entgegen. »Sie waren zu dämlich, selbst die auffälligsten Hinweise richtig zu deuten. Die Kompassrose und den Umstand zum Beispiel, dass ich mit Koordinaten gearbeitet habe, die Fünfen, die ich überall verstreut habe. Und auch meine Verkleidung. Hätten Sie nur einmal das Wort ›Totenschädel‹ durch einen Anagramm-Generator gejagt, wäre Ihnen sofort das Wort ›Chanel‹ aufgefallen. Und Sie wissen so gut wie ich, dass Deb seit Jahren kein anderes Parfüm trägt.« Er lachte verächtlich. »Alles wies auf mich und es bereitete mir eine unsägliche Befriedigung, dass Sie nicht den Hauch einer Ahnung hatten!«
»Aber … aber«, stammelte Deborah, während Prescott betre-

ten zu Boden blickte, »ich liebe doch nur dich, Sam! Dich allein!«
Samuel Rodman lächelte traurig. »Das weiß ich. Ich weiß es wirklich. Und der Narr bin eigentlich ich, ein dummer, blinder Narr. Es tut mir so leid, mein Herz. So leid.«

Auf dem Weg zurück zum Auto waren die drei ??? immer noch recht schweigsam. Das Drama der Rodmans hatte auch sie sehr mitgenommen. Fast beschlich sie so etwas wie ein schlechtes Gewissen, dass sie maßgeblich dazu beigetragen hatten, diese liebevolle Familie für lange Zeit zu trennen. Gerechtigkeit konnte bitter schmecken.
Plötzlich tippte Justus jemand von hinten auf die Schulter. »Hey, ihr drei!«
Josh Reilly und Valery standen hinter ihnen. Händchen haltend, wie Justus entsetzt registrierte.
»Ich wollte mich bei euch entschuldigen«, sagte Reilly zerknirscht. »Für die Sache mit eurem MG und vor allem bei dir, Justus, für die unsanfte Behandlung am Bach.« Er zuckte die Schulter. »Ich war einfach genervt. Und eifersüchtig. Val hat so oft von dir gesprochen, du warst dauernd in ihrer Nähe und da dachte ich, dass dich Val vielleicht ... na, du weißt schon.« Er warf Valery einen verliebten Blick zu. »Und als ihr plötzlich vor meiner Tür gestanden seid, war ich einfach geschockt und habe irgendwas dahergeplappert. Von wegen Kontaktlinse verrutscht und so. Ziemlich dämlich. Na ja. Aber Val hat mir gesagt, dass ich ihre große Liebe bin und dass ich mich bei dir entschuldigen soll.« Reilly hielt Justus die Hand hin. »Sorry, Mann, tut mir echt leid!«

Der Erste Detektiv legte eine schlaffe Pfote in Reillys Hand. »Aber ich dachte ...«, brachte er mühsam hervor und starrte Valery wie ein waidwundes Reh an.

Sie schenkte ihm ein bezauberndes Lächeln. »Ich finde dich wirklich total nett, Justus. Superklug und total nett. Aber Josh ist tatsächlich meine große Liebe. War er schon immer.« Sie gab Justus einen Kuss auf die Wange. »Wir bleiben Freunde, ja?«

Der Erste Detektiv starrte den beiden hinterher, bis sie um die Ecke verschwunden waren. »Klug. Und nett«, stammelte er kraftlos. »Nett. Nett!«

Peter pfiff durch die Zähne. »Das war heftig. Dick und hässlich könnte ich ja verstehen, aber klug und nett! Das ist echt tödlich. Wir wissen ja alle, wer die große Schwester von Nett ist.«

Justus drehte langsam den Kopf. »Nett!«, hauchte er. »Sie findet mich nett!«

Peter hakte sich bei ihm unter. »Aber weißt du was, Erster. Wir finden dich überhaupt nicht nett. Ü-ber-haupt nicht! Ist doch so, Dritter, oder?«

Bob grinste und hakte sich ebenfalls ein. »Genau so ist es! Gar nicht nett!«

Lachend zogen die beiden Detektive ihren Freund mit sich.

Traue niemandem

Marco Sonnleitner
Die drei ???: Nacht der Tiger
144 Seiten
Taschenbuch
ISBN 978-3-551-31376-8

Die drei ??? werden Opfer eines Hackerangriffs! Auf ihrem Bildschirm erscheinen plötzlich rätselhafte Gedichte. Sie enthalten verschlüsselte Hinweise zu der Autodiebstahlserie, die ganz Rocky Beach in Atem hält. Doch ist ihr geheimnisvoller Auftraggeber vielleicht ein Komplize der Verbrecher? Und warum verhält sich Inspektor Cotta so seltsam? Die drei Detektive befürchten, dass er in die Diebstähle verwickelt sein könnte. Die Einzigen, denen sie noch trauen können, sind sie selbst.

www.carlsen.de

Über dem Abgrund

Kari Erlhoff
Die drei ???
Im Schatten des Giganten
144 Seiten
Taschenbuch
ISBN 978-3-551-31424-6

Ein Wochenende im Nationalpark! Justus, Peter und Bob haben hoch und heilig versprochen, sich von Kriminellen aller Art fernzuhalten. Doch der nächste Auftrag lässt nicht lange auf sich warten: Ihr Freund Randy hat Blut- und Schleifspuren im Wald entdeckt. Keiner will ihm glauben, dass hier Wildjäger am Werk sein könnten. Und was hat es mit der ungewöhnlich hohen Anzahl an Kletterunfällen im Park auf sich? Die drei Detektive ermitteln und schon bald ist klar, dass sie es mit äußerst skrupellosen Menschen zu tun haben.

www.carlsen.de

Tolle Ausrüstung für coole Detektive

Die drei ???

Damit sind deine Geheimsachen sicher! Das Sensor Pad bietet dir eine sichere Aufbewahrung deiner wichtigsten Gegenstände. Sobald du etwas auf dem Sensor Pad platzierst und die Sensoren aktiviert sind, wird bei jedem unerlaubten Zugriff ein Alarm ausgelöst.

Mit dem digitalen Tresor kannst du die wichtigsten Dokumente deines Detektivclubs und sonstige geheime Dinge sicher aufbewahren. Nur mit einem vierstelligen Zahlencode kann der Tresor geöffnet werden und bei unbefugtem Zugriff wirst du gewarnt.

→ **Die Alarmanlage mit Bewegungssensoren**

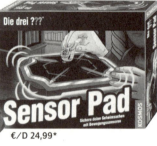

€/D 24,99*

→ **Der Safe mit Zugriffscode und Alarm**

€/D 29,99*

* unverbindl. Preisempf.

kosmos.de/die_drei_fragezeichen

KOSMOS